AF200609

# Impressum

Ella Theiss: „Alles kurz und klein –
Geschichten vom gerechten Zorn"
Edition Gegenwind (www.gegenwind.de)

© 2019 Ella Theiss
Taunusstraße 112, D-64380 Roßdorf
Internet: https://www.ellatheiss.de

Herstellung und Verlag:
BoD – Books on Demand, Norderstedt
ISBN: 9783749497393

Covergestaltung:
Sarah Buhr / www.covermanufaktur.de unter Verwendung von Bildmaterial von Zastolskiy Victor (Elefant);
Triff (Textur) / Shutterstock.com

# Ella Theiss

# ALLES KURZ UND KLEIN

## Geschichten vom gerechten Zorn

Edition Gegenwind

## Über die Autorin

Ella Theiss lebt in Südhessen (nahe Darmstadt), ist verheiratet und hat zwei erwachsene Kinder. Sie hat Germanistik und Soziologie mit Abschluss Magister Artium (M.A.) studiert, anschließend bei der Frankfurter Rundschau volontiert und ein erstes Berufsjahr verbracht. Vier Jahre war sie leitende Redakteurin bei der Evangelischen Kirche Deutschlands. Anschließend arbeitete sie hauptberuflich als freie Redakteurin und Texterin. 2006 begann sie, auch Romane und Erzählungen zu schreiben, von denen einige ausgezeichnet wurden.

Ella Theiss ist Mitglied der Autorenvereinigungen "Das Syndikat", "Mörderische Schwestern" und „Edition Gegenwind". Mehr unter www.ellatheiss.de

# Inhaltsverzeichnis

# DER VERSAGER

Ich hab's versucht, wirklich. Immer wieder bin ich gegen Mitternacht in seine Klinkervilla im Dichterviertel eingestiegen, bin im Schatten der Kübelpalmen bis in sein Wohnzimmer vorgedrungen und wollte ihn töten. Weiß Gott, ich wollte! Doch jedes Mal kam mir was dazwischen.

Das erste Mal war es Laura. Im selben Moment, als ich unter den Polstern der Maralunga-Couch vorkroch, beide Hände nach Thorstens Stiernacken ausstreckte, da torkelte sie aus dem Flur herein, hielt keine fünf Schritte vor ihm an und schleuderte ihm ihr Cognacglas vor die Füße. In der Armbeuge hielt sie die Flasche an sich gepresst, als befinde sich darin der letzte Rest ihrer Würde. Sie zitterte am ganzen Körper, sagte aber mit bemerkenswert fester Stimme: „Ich bring dich um. Wenn du mich verlässt, bring ich dich um."

Das klang überzeugend. Warum sollte ich ihr zuvorkommen? Es gab keinen Grund mehr für mich, ihr die unangenehmen Dinge abzunehmen. Sie hatte sich für Thorsten entschieden, schon vor Jahren. „Er ist ein Erfolgstyp", hatte sie mir erklärt, „er wird mich glücklich machen, du nicht." Ha, und jetzt? Glücklich sah anders aus.

Ja, ich war davon überzeugt, dass er sie verlassen würde. Seit Wochen hatte er für sich und eine dralle kleine Blondine eine Suite im

Maritim gemietet. Dort lagen zwei Tickets nach den Malediven im Safe. Und der Kaufvertrag für eine Penthousewohnung im Zentrum. Dass die blonde Hexe mitsamt den Tickets und zirka fünfzigtausend Euro auf Nimmerwiedersehen verschwinden würde, konnte ich genauso wenig ahnen wie er.

Kurz drauf versöhnte er sich mit Laura und ich legte mich erneut auf die Lauer. An einem Freitag im letzten Mai schien die Gelegenheit günstig. Laura übernachtete bei einer Freundin und Thorsten verfolgte die Börsenkurse auf seinem Laptop. Konzentriert wie ein Japaner bei der Teezeremonie starrte er auf die Zahlenkolonnen am Bildschirm. Ich musste bloß abwarten, Ben war noch wach. Er umkreiste Thorstens Arbeitsplatz mit ausgestreckten Ärmchen und quiekte eine traurige Melodie. Ben ist ein hübsches Kind, hat Lauras üppigen Mund und weit auseinander stehende dunkle Augen.

„Okay, mein Kleiner", sagte Thorsten mit einem Seufzer und ohne von seinem Laptop aufzugucken, „Zeit fürs Bett." Ben tat, als höre er nicht, zog weiter seine Bahn, hielt unvermittelt inne und richtete seinen ausgestreckten Zeigefinger auf Thorsten: „Peng-peng-peng, du bist tot."

Was soll ich sagen – das nahm mir jede Chance zu agieren. Was, wenn der kleine Kerl am nächsten Morgen erfahren hätte, dass Thorsten tatsächlich tot war? Ein Trauma!

Schuldgefühle sein Leben lang! Das konnte ich ihm nicht antun. Zumal er nicht Thorstens Sohn ist. Sondern vielleicht meiner.

Bei meinem dritten Vorstoß war es Spätsommer. Laura besuchte einen Ikebanakursus und Ben war bei den Großeltern. Ich schien freie Bahn zu haben. Da kam das Telefon dazwischen. Mitten in der Nacht rief ein Broker an. Thorsten muss drauf gewartet haben, saß auf der Terrasse, das schnurlose Gerät vor sich auf dem Tisch, daneben stank ein überquellender Aschenbecher vor sich hin. Thorsten paffte am Rest einer Gauloise, schielte auf das Telefon, als handele es sich um eine Tarantel. Dreimal ließ er es klingeln, ehe er zugriff.

„Und?" Er lauschte auf das Gequassel aus dem Hörer, warf ab und an ein trotziges "Quatsch!" samt ein paar Brocken Börsenlatein dazwischen und spuckte den Zigarettenrest auf die Fliesen. Ein paar Sekunden später flogen Aschenbecher und Telefon hinterher. Thorsten sank in sich zusammen und jaulte wie eine Elefantenkuh, der man ihr Junges genommen hat.

Da wurde ich stutzig. Normalerweise steckte er Turbulenzen an der Börse locker weg. Dass die Firma seit über einem Jahr in den Miesen war, nahm er gelassen. Ein solcher Ausbruch musste bedeuten, dass er unsere AG ruiniert hatte. Waren wir pleite? Gewundert hätte mich das kein bisschen. Thorsten kriegt den Hals nie voll genug. Erst hat er unsere solide kleine Getreidemühlen-Manufaktur in blindem Aktionismus zur GmbH ausgebaut, um alle möglichen Küchengeräte im Naturlook zu produzieren. Und dann – nur weil ein aufdringlicher Belgier mit einem Minizinsdarlehen winkte – gab Thorsten keine Ruhe, ehe wir mit einer Echtholz-Einbauküchen-AG an die Börse gingen. Dabei hatten Lauras Tarotkarten davon abgeraten. Und ich auch. Ich wollte sowieso lieber nach Australien und eine Straußenfarm gründen.

Mein Widerstand missfiel ihm. Beim gemeinsamen Essen im *Roten Bären* bot er mir - zwischen Hirschrücken und Tiramisu - ein faules Ei an: „Kauf dir deine Farm und verschwinde. Ich zahl dir eine lebenslange Rente, wenn du die Hände von der Firma lässt." Im Prinzip war das kein schlechter Vorschlag. Aber wie hätte ich das schaffen sollen - ganz allein in Australien?

Tja, und als er in dieser Spätsommernacht neulich so dasaß und jaulte, auf seiner von Zigarettenkippen und Handytrümmern übersäten Terrasse, da habe ich wieder nicht zugegriffen. Stattdessen ließ ich mich angesichts der im Vollmondlicht glühenden Rosenhecke zu Tränen rühren. Es tat so gut, ihn als Versager zu erleben. Früher schien die Rolle mir vorbehalten. Doch als schales Nebenprodukt des Triumphs meldete sich prompt der Zweifel in mir: Hundertzwanzig Leute würden auf der

Straße stehen. Wenn einer die Pleite abwenden konnte, dann Thorsten, das Finanzgenie. So viel Zeit musste ich ihm lassen.

Er hat sie weidlich genutzt, die Zeit, kooperiert jetzt mit einer niederländischen Ladenkette für Feng-Shui-Bedarf. Dort präsentieren sich – umgeben von Salzkristalllampen und Zimmerspringbrunnen – unsere Musterküchenelemente, die auf Kundenwunsch hin mit fernöstlich anmutenden Schriftzeichen auf Tür- und Schubladengriffen, Glasfronten und Dunstabzugshauben verziert werden. Und das Zeug ist *der* Renner.

Seither lauere ich auf eine neue Chance, mich an Thorsten zu rächen. Aber mal sind seine Eltern zu Besuch, mal sitzt die Katze auf seinem Schoß, mal spielt er so verdammt schön auf dem Saxophon, dass ich es nicht über mich bringe, ihn zu unterbrechen. Ich sei zu weichherzig, fand schon meine Mutter, das hinge mit meiner zartgliedrigen Statur zusammen. Ich sei aggressionsgehemmt und das liege an meiner Mutter, hat Laura behauptet. Sie hat zwei Semester Psychologie studiert. Ich glaube eher, es liegt an Thorsten, dass ich von jeher ein Versager bin. Seit dem Kindergartenalter spielt er sich als mein Beschützer auf. Spielt mich glatt an die Wand. Nur, wie wehrt man sich gegen so ein Alphatier? Mein erster und einziger Versuch endete mit einer Katastrophe. Einer Katastrophe für mich, versteht sich.

Das war vor zwei Jahren. Thorsten schickte mich nach Shanghai, vordergründig, um eine Kooperation mit einer popeligen Fabrik zu unterschreiben, wo sie all die Schrauben herstellten, die die verdammten Küchenteile aus Rumänien zusammenhalten sollten. Ich hatte den Check-in am Flughafen hinter mir, wartete missmutig darauf, dass sich die Tür zur Gangway öffnete, da meldete mir mein Handy eine Mail. Sie kam von Kalbach, dem Prokuristen: „Wohnung vor drei Stunden verlassen, freie Bahn", stand auf dem Display. Es dauerte keine Sekunde, bis ich begriff: Kalbach, die Ratte, hatte den Spion gespielt und sich bei der Mailadresse vertan. Die Nachricht sollte Thorsten erreichen, nicht mich. Die Rede war aber sehr wohl von mir, genauer gesagt von meiner Maisonettewohnung im Westend. – Was wollten die da? Meine Wertpapiere klauen? Meine privaten Akten durchwühlen?

Ich ließ meinen Koffer nach Shanghai fliegen und fuhr zurück. Unterwegs malte ich mir aus, was ich Kalbach alles an den Kopf werfen würde, wenn ich ihn ertappte. Und wie ich Thorsten und ihn vor dem versammelten Aufsichtsrat bloßstellen könnte.

Dazu kam es nicht. Es kam ganz anders. Meine Wohnung war menschenleer und unangetastet, als ich eintraf. Ich verbrachte eine schlaflose Nacht im Garderobenschrank – mit einer Ladung Ecstasy im Bauch und einer Pistole in der Hosentasche. Erst als Tageslicht durch die Ritzen meines Verstecks drang, bemerkte ich ein anhaltendes Kratzen am Türschloss. Mit einem leisen *Plopp* flog die Tür auf. Zwei Turnschuhe quietschten über das Parkett. Es war der Chef himself.

Thorsten sah sich nicht lange um, er kannte meine Wohnung. Ohne Umschweife begab er sich – nein, nicht in mein Arbeitszimmer, wo er was-auch-immer vermuten konnte, sondern ins Bad. Hat Schiss, dachte ich, muss aufs Klo. Doch anstelle typischer Entleerungsgeräusche und nachfolgendem Wasserrauschen knisterte es leise.

Ich schlich mit gezogener Pistole zur Badezimmertür, spähte durch den Rahmenspalt – da traf mich fast der Schlag: Thorstens Gorillarücken wölbte sich über dem Abfluss meiner Dusche. Seine Pranke fasste eine Pinzette, mit der er ein Haarbüschel hervorzog und in ein Plastiktütchen fallen ließ.

„Bist du pervers geworden?", platzte es aus mir raus. Thorsten zog den Kopf ein, als habe sich der Duschkopf unvermittelt über ihm entleert und drehte sich mit zeitlupenartiger Allmählichkeit zu mir um.

„Ich … ich wollte ein paar Haare von dir."

„Wieso? Hast du selber nicht mehr genug?" Ich ließ die Waffe sinken.

Er atmete auf, erhob sich und lächelte verbindlich. „Sorry, war dumm, dich nicht einfach zu fragen."

„Was – fragen?"

„Los, wir trinken einen und ich erzähl dir alles", sagte er, schritt in mein Wohnzimmer. Ich folgte ihm wie ein Trottel und ließ mir von meinem eigenen Whisky einschenken.

Thorsten machte sich auf meiner Couch breit. „Es geht um einen Gentest. Ich suche Bens Vater", sagte er und grinste mich über den Rand seines Glases hinweg an. „Ich bin's nämlich nicht. Prost."

Schlagartig war ich dankbar für den eingeschenkten Whisky, kippte ihn runter. „Wie kommst du auf mich?"

„Na, sieh dir mal Bens fliehendes Kinn an. Und den spilerigen Körperbau."

Ich schenkte mir nach. Thorsten hat von jeher die Sensibilität eines Presslufthammers.

„Und", fuhr er fort, „du warst noch manchmal mit Laura zusammen, obwohl es zwischen euch so gut wie aus war, stimmt's?"

„Du meinst, bevor du sie mir endgültig ausgespannt hast, du Arsch." Die Pistole in meiner Jeans drückte mir in die Leiste.

Thorsten zeigte sein Pferdegebiss. „Kannst sie gern wiederhaben."

„Ach, nach knapp drei Jahren bist du sie leid?"

„Und sie mich. Seit Ben auf der Welt ist, läuft bei uns nix mehr. Ewig die vollen Windeln, das Geplärr, die zerfransten Nächte. Und ich bin nicht mal sein Vater."

Thorsten lamentierte weiter. Ich hörte

nicht zu, stand auf, ging zum Fenster, sah zu, wie sich die Skyline des Bankenviertels aus dem Morgendunst schälte und trank mein drittes Glas in einem Zug aus. Zwischen meinen Rippen wurde es warm, was nicht allein am Alkohol lag. Ben – mein Sohn! Und Laura – bald meine Frau? Vielleicht liebte sie mich nicht so, wie ich sie. Aber sie brauchte einen Vater für Ben. Einen, der klaglos mit anpackt, füttert, wickelt, tröstet. Einen Vater wie mich.

„Natürlich kommt auch der Bärtige aus der Entwicklungsabteilung in Betracht", sagte Thorsten unvermittelt lauter und schwenkte die Eiswürfel in seinem Whisky. „Oder der Fernsehtyp, dieser Beau vom SWR."

Ich muss ziemlich dämlich geguckt haben, Thorsten bekam einen Heiterkeitsanfall. „Na, mit denen hatte Laura auch was laufen. War ein ganz schönes Flittchen vor ihrer Metamorphose zum Muttertier. Vielleicht ging's ihr ja nur um ein Kind, wer weiß. – Das mit dem Fernsehmenschen lief wochenlang, hat Kalbach für mich rausgefunden."

Kalbach? Da fiel mir ein, weshalb ich zuhause saß statt in Shanghai. Ich nestelte die Pistole aus meiner Hosentasche. „Sag das nicht noch mal! Laura hat mit dem Fernsehtypen geflirtet, mehr nicht, damit der eine schöne Reportage über uns bringt. Sie ist kein Flittchen, nie gewesen. Aber du, du bist ein Einbrecher. Ein Krimineller. Ich rufe jetzt die Polizei."

Thorsten fixierte mich ungläubig. „Komm

Michi, nimm das Ding da runter."

„Ha, ich denk nicht dran."

„Kann sein, du drückst ab, ohne es zu wollen."

„Hältst mich mal wieder für unfähig, wie? Zu blöd, um mit so einer Waffe umzugehen."

Thorsten betrachtete mich eher nachdenklich als verängstigt, sprang auf, machte einen Satz auf mich zu und schlug mir die Pistole aus der Hand. Er konnte sich denken, dass ich nicht abdrücken würde. Und wenn. Es war nur eine Spielzeugpistole.

Ich muss total high gewesen sein. Im Normalzustand hätte ich keine Prügelei mit Thorsten angefangen. Spätestens als ich am Boden lag, hätte ich klein beigeben müssen. Stattdessen rappelte ich mich hoch, griff nach einem herumliegenden Obstmesser. Er schlug wieder zu, das Messer flog bis in den Flur. Ich gab und gab nicht auf, die Mischung aus Ecstasy, Alkohol und Wut in meinen Adern machte das reinste Stehaufmännchen aus mir.

Den letzten Sturz spürte ich kaum. Unvermittelt erschien die cremeweiße Marmorplatte des Couchtischs dicht über mir, von der Kante tropfte es tiefrot. Schön sah das aus. Und wie eine Nebelschwade umhüllte mich Thorstens ungläubiges Geplapper: „Komm Michi, steh auf. Ist gut, hmm? Du heiratest Laura, kaufst deine Farm … Michiii!" Langsam, langsam sickerte mir das Blut und mit ihm das Leben aus dem Kopf.

Thorsten hat mein Grab nie besucht. Auch nicht, nachdem er freigesprochen wurde. Er hätte in Notwehr zugeschlagen, hieß es. Meine Fingerabdrücke auf dem Messer und der Pistole galten als klare Indizien.

Also werde ich ihn holen. – Weichherzig? Aggressionsgehemmt? Ha, das galt vielleicht zu meinen Lebzeiten. Seit er mich am liebsten vergessen würde, bin ich als Rachegeist in eigener Mission unterwegs. Werde erst Ruhe geben, wenn seine Leiche hier, dicht bei meiner, auf dem Hauptfriedhof liegt.

Das Problem ist bloß, dass unsere Feng-Shui-Holzküchen-AG boomt und Thorsten, unterstützt durch ein paar Fördergelder, eine Menge Arbeitslose einstellen will. Außerdem zahlt er Laura eine Therapie in der Entzugsklinik. Kümmert sich unterdessen um Ben, übt mit dem kleinen Kerl Karate, damit der sich gegen die großen Jungs wehren kann. Ich sollte mein Vorhaben vielleicht aufschieben. Bis Laura clean ist. Oder bis Ben erwachsen ist. Zumindest bis ein anderer die Firma leiten kann.

Am besten bis ihn keiner mehr braucht. Außer mir.

+++

„Der Versager" erhielt den 2. Freiburger Krimipreis 2013. Die Geschichte erschien erstmals in „Breisgauner – Neue

Krimis aus Südwest", Hrsg.: Anne Grießer, Wellhöfer Verlag, 2013.

## RAUNZKYS ERBEN

Der dreiblättrige Ausdruck seiner Buchbesprechung klatscht auf Roberts Schreibtisch, gefolgt vom Spuckesprühregen des lispelnden Feuilletonchefs. „Wads für Leute, glauben dSie, wollen dso wads ledsen?" Ganze Absätze sind durchgestrichen, am Korrekturrand knäulen sich die Anmerkungen.

Robert atmet tief ein, tief aus. Gelassen bleiben, wenigstens gelassen erscheinen. Der Chef ist senil, begreift die diskrete Korrektur- und Kommentarfunktion der neuen Redaktionssoftware nicht. Obendrein ist er Choleriker. Wissen doch alle, oder?

Das Klappern der Tastaturen verstummt, drei Sekunden, vier Sekunden ... hinter dem halb kahlen Benjamini die Glupschaugen der Volontärin.

Robert ringt sich einen sachlichen Gesichtsausdruck ab. „Okay, ich sehe mir Ihre Korrekturvorschläge an und überarbeite den Text." So viel Demut müsste reichen.

Reicht nicht. Eine Zeigefingerkuppe mit ausgefranstem Nagelbett hämmert aufs Manuskript. „Wir wollen Texdse mit Bidss. Merken dSie dsich dads!"

Der Chef zieht ab, Robert geht sein Gesicht waschen.

„Guck mal im Archiv – unter *Rauntzky*", sagt die Volontärin.

Gute Idee, denkt Robert. Der Chef hat den unlängst verstorbenen und gleichfalls lispelnden Feuilletonisten von jeher vergöttert.

\*

Irmas neue Brille hat trapezförmige Gläser und einen Kunststoffrand mit altrosa Schlierenmuster. Sie nimmt die alte Brille ab, setzt die neue auf, drückt sich die Bügel auf die Ohren und zuckt mit den Nasenflügeln, bis das Gestell am richtigen Platz sitzt. „Ich sehe … nicht viel."

„Das ist eine Gleitsichtbrille", sagt die Tochter, „man muss sich erst daran gewöhnen."

Irma lässt die Pupillen wandern, die Tapete zieht konzentrische Kreise, die Eichenvitrine wankt, auf Irmas Handrücken wölbt sich ein Faltengebirge über wurmdicken Adern. „Mir gefällt meine alte Brille besser", sagt Irma.

„Aber du kannst jetzt wieder gut sehen." Die Tochter greift nach der *Allgemeinen*, die gestapelt auf der Anrichte liegt. „Lies mal das hier, die Überschriften."

„90-jähr-ige-Mut-ter-miss-hand-elt …"

„Hmmm … nimm lieber den Kulturteil." Die Tochter blättert um, streicht eine Zeitungsseite auf der Tischdecke glatt.

Irma äugt durch die Gläser. Schwarze Serifen wimmeln übers Papier, treten wie unter einer Lupe hervor und verblassen am kreisförmigen Rand. Irma zuckt zusammen. „Da steht *Machwerk*."

„Siehst du, wie gut du jetzt wieder lesen kannst."

Irma konzentriert sich, fixiert ein zappelndes Wort nach dem anderen. Ihr Herz pocht vor

Entsetzen. „Das ist ja ein Schmähartikel, ein übler Schmähartikel!"

„Eine Buchrezension, nichts Ernstes." Die Tochter packt ihre Sachen. „Deine alte Brille nehme ich mit. Damit du dich an die neue gewöhnst. Am Samstag kommt Stefan und richtet dir endlich den Fernseher ein."

„Stefan?"

„Dein Enkel, Mama."

„Ach ja, Stefan."

Die Tochter zieht die Haustür hinter sich zu. Irma setzt die neue Brille ab und legt sie unter den Zeitungsstapel. Nun ist die Welt neblig, aber berechenbar. Es sind acht Schritte geradeaus durch den Flur zur Wohnzimmerschwelle, es sind drei Schritte zum Teppichrand und fünf Schritte diagonal zum Sessel. Im zweiten Sessel sitzt Charly, nippt an seinem Pils und raucht, feine Schlieren steigen auf.

„Er ist zurück", sagt Irma.

Charlys Miene verdüstert sich, die Zigarette zwischen seinen Fingern zittert. „Und?"

„Er schreibt *Machwerk* ... und *sprachliche Ohnmacht* ... und *intellektuelle Armseligkeit* ... solche Sachen."

Charly legt den Kopf in den Nacken, starrt zur Decke.

„Es geht nicht um dich. Um eine Frau geht es, Hella ... Soundso."

„Egal, ich will ihn sprechen. Er soll herkommen."

Irma nickt, hebt sich aus dem Sessel. Tappt die fünf Schritte zurück zum Teppichrand, tappt die sieben Schritte über die Schwelle und den Flur entlang zur Wandhalterung mit dem Telefon, drückt die Kurzwahltaste zur Telefonvermittlung: „Die *Allgemeine Zeitung*, bitte …"

*

Eine gelbe Haftnotiz mit dem Aufdruck *Serviceabteilung* klebt am Monitor. Robert entziffert die krakelige Handschrift der Kollegin: *Einladung zum Tee … Freitag, 16 Uhr, Charly … Mozartweg …* Zuletzt die Bemerkung, dass Privatkontakte gefälligst nicht über die Abo-Rufnummer zu laufen hätten. Drei Ausrufezeichen.

Charly? Das muss die Rothaarige sein, die Robert vor zirka drei Wochen in der Disco kennengelernt hat. Charlotte … den Nachnamen hat er vergessen. Zweiundzwanzig, ampelgrüne Augen, freizügiges Shirt. Sie hatten sich nett unterhalten. Er erzählte ihr von seinem aktuellen Projekt: einer Abhandlung über regionale Krimis und deren Rezeption in Feuilletons überregionaler Tageszeitungen. Ein nach Dafürhalten seines Chefs äußerst ergiebiges Thema. Charlotte hörte lächelnd zu. Bis sie einem Dreitagebart-Beau auf die Tanzfläche folgte, später an die Bar und dann mit ihm verschwand.

Sieht so aus, als habe sich der Dreitagebart-Beau als Langweiler entpuppt. Worauf sich Charlotte an das anregende Gespräch mit Robert erinnert hat - na also! Freitag, sechzehn Uhr, zum Tee … bei ihr zu Hause? Das Mädel geht aufs Ganze. Robert googelt die Adresse und ist beeindruckt: ein Einfamilienhaus auf einem Riesengrundstück in nobler Lage.

*

Lichtstrahlen blinzeln durch die Jalousie ins Schlafzimmer. Was heute für ein Tag ist? Welcher Monat, welches Jahr? Um es zu wissen, müsste Irma wissen, welcher Tag gestern war und welcher vorgestern. Sie hat es vergessen, wie an jedem Morgen. Die Tochter war so lieb, ihr eine moderne Uhr zu besorgen, die – außer der genauen Uhrzeit - alles anzeigt: Wochentag, Datum und Jahr. Die Uhr steht auf dem Nachttisch. Um sie lesen zu können, müsste Irma ihre Brille aufsetzen, doch die Brille ist weg.

Macht nichts, Irma will nicht wissen, was für ein Tag heute ist. Ein so langes Leben, wie Irma es hinter sich hat, wird übersichtlicher, wenn man alles ein wenig komprimiert. Da gab es diese vielen, vielen Tage, diese wunderbaren Tage, die in der Erinnerung zu einigen wenigen zusammenschnurren. Und manchmal sind sie für Irma so gegenwärtig, dass sie glaubt, noch mitten darin zu leben. Das waren die Tage, als sie Tante Ediths Haus erbten, wo sie für immer mietfrei wohnen konnten, Charly, Irma und die Kinder. Das gepflegte Haus mit dem großen Garten, wo Irma Rosen- und Tulpen- und Gladiolenbeete anlegte. Der kleine Anbau mit dem Bunker, den die Tante aus Furcht vor sowjetischen Atombomben hatte bauen lassen und in dem Charly

— ungestört von Kindergelächter und Vogelgezwitscher — an seinem Roman arbeiten konnte. Nach sieben Jahren erschien er, der Roman, bei einem angesehenen Verlag, in Leinen gebunden, mit einem Schutzumschlag und einem Lesebändchen versehen. „Ein ungewöhnliches, ein berührendes, ein brillant verfasstes Werk", befand der Lektor und ermunterte Charly zu einer Fortsetzung.

Wie so oft, wenn Irma erwacht und die Sonnenstrahlen spürt, die durch die Jalousie dringen, will sie aufspringen und das Frühstück machen, ein Ei für Charly, Müsli für die Kinder, Toast mit Honig für alle … Nur, wenn es so still ist im Haus, wie jetzt, und wenn das Bett neben ihr leer ist, wie jetzt, dann ahnt Irma, dass die anderen Tage angebrochen sind, all die schlechten Tage, die in ihrer Erinnerung genauso zu einigen wenigen zusammenschnurren, zu den Tagen, an denen Irmas Welt ins Wanken geriet. Als ob sie eine falsche Brille trüge.

\*

Robert wischt sich die schweißnassen Hände an der Hose trocken und klingelt. Die Tür, gebremst von einer verzinkten Gliederkette, öffnet sich einen Spalt breit. Ein knittriges Frauengesicht späht heraus. „Wir kaufen nichts."

Robert lächelt verbindlich, stellt sich vor, streckt dem Gesicht einen Blumenstrauß entgegen. „Charly hat bei der Zeitung angerufen, bei der ich arbeite, bei der *Allgemeinen* …"

„Ach so, Besuch für Charly." Sie nestelt an der

Kette, die Tür geht auf. Mindestens Mitte achtzig ist sie, klein und schmal. Das Händchen, das sie ihm zur Begrüßung reicht, fühlt sich an wie trockenes Laub. „Charly erwartet Sie."

Sie nimmt ihm die Blumen ab und tappt in abgetragenen Pantoffeln voran in eine offensichtlich aus den Siebzigern stammende Küche, alles zierlich, cremeweiß und pflegeleicht. „Kommen Sie, ich mache rasch einen Tee."

„Oh, Tee, das ist nett." Roberts Blick heftet sich an den einzigen Wandschmuck im Raum, eine Spruchtafel über der Anrichte. *Edel sei der Mensch, hilfreich und gut. Johann Wolfgang von Goethe.*

„Charly liebt Darjeeling mit Kandiszucker", erzählt die alte Dame, während sie einen Wasserkocher füllt und ein geblümtes Teeservice auf einem Tablett arrangiert. Dabei plappert sie fortwährend, spricht von der Würde des Menschen, vom Respekt, von christlicher Nächstenliebe, Herzensbildung … Ihre Stimme kippt vor Ergriffenheit. Sie muss Charlys Großmutter sein, oder Urgroßmutter.

Robert zeigt sich beflissen, gießt das heiße Wasser in das mit Teebeuteln bestückte Kännchen, füllt das Zuckerdöschen, pflichtet dem Geplapper mit einem gelegentlichen *Oh-ja-natürlich* bei.

Dann folgt er ihr, das beladene Tablett balancierend, eine gefliste Treppe abwärts, eine betonierte weitere Treppe abwärts …

Die Alte nimmt die Stufen langsam, hält sich am Geländer fest, sieht ihm in die Augen und lächelt milde. „Am besten, Sie entschuldigen sich. Charly ist ein herzensguter Mensch und verzeiht Ihnen gewiss."

Entschuldigen? Er sich? Wofür? Er lacht auf vor Verblüffung, will nachfragen, doch sie quasselt weiter, führt ihn einen schmalen Gang entlang, drückt einen rot leuchtenden Knopf in der Wand, worauf sich eine doppelwandige Stahltür öffnet.

„Hier ist Charlys Arbeitszimmer", verkündet sie, als spreche sie von den Gemächern eines Geheimordens. Sie knipst einen Schalter an, eine von der Decke baumelnde nackte Glühbirne erstrahlt.

„Charly-Liebling, der Herr von der Zeitung ist da", ruft sie, zwinkert Robert zu und geht.

Sein Blick wandert über eine Einrichtung aus lindgrünem Resopal. Einbauschränke, Regale mit Leitz-Ordnern, mittendrin ein Tisch mit Bürostuhl, darauf eine Schreibmaschine, eine echte alte Schreibmaschine. Kultig, befindet Robert. Nur, dass es so muffig riecht. Und so still ist, so gespenstig still. Er stellt das Tablett mit Nachdruck ab, lässt Tässchen und Löffelchen scheppern. „Charlotte?"

Leise zischend schließt sich die Stahltür.

\*

Er ist tatsächlich erschienen, der Kritiker. So ein wohlerzogener junger Mann, beste Umgangsformen. Wie lange er schon mit Charly allein ist? Drei Stunden, vier Stunden? Ein gutes Zeichen. Da will Irma nicht stören. Vielleicht wird nun doch alles gut? – Natürlich, was schwarz auf weiß gedruckt ist, kann niemand zurückrufen. Doch wenn er sich entschuldigt, der Kritiker, wenn er zumindest Charly und dem Verleger versichert, dass er im Übereifer und einer Tageslaune folgend die vielen positiven Aspekte des Romans übersehen hat … Ach, Charly könnte wieder Zuversicht fassen, könnte ein neues Werk beginnen, der Verleger würde sich gewiss offen zeigen.

Ja, vielleicht wird nun wieder alles gut, denkt Irma, legt sich aufs Bett und lässt ihre Gedanken zurückwandern zu einem Samstagmorgen im September 1972. An jedes Detail erinnert sie sich, wie sich Menschen oft an jedes Detail eines Katastrophentages erinnern. Klar und konturiert laufen die Bilder vor ihren halb blinden Augen ab: Charly, wie er in die Küche geschlurft kommt, unrasiert, in seinem blau gestreiften Pyjama, wie er seinen Morgenkaffee hastig trinkt, weil am Abend Gäste kommen, um seinen Roman mit ihm zu feiern, und weil es noch viel zu tun gibt. Wie er aus bloßer Gewohnheit auch an diesem Morgen die Zeitung durchblättert, wie er die Lokalglosse überfliegt, den Kopf in den Nacken wirft und lacht, wie er weiterblättert … und mit einem Mal zusammenzuckt, den Kopf zwischen die Schultern zieht, als habe ihn eine Peitsche getroffen, wie sein Blick erstarrt, seine Wangen lang werden, bleich werden und sein Mund aufklafft wie eine tiefe Wunde.

Was der Kritiker schrieb, galt viel in der Literaturwelt, galt alles in der Stadt. Schon am Morgen läutete das Telefon und die wichtigsten

Gäste sagten ab, der Referatsleiter vom Kulturamt, der Redakteur vom Lokalsender, der Verlagslektor – *ein Unwohlsein, eine Erkältung, recht plötzlich ... tja, schade.*

Konkurrierende Zeitungen, die Lob angekündigt hatten, schwiegen sich aus. Der Verleger ließ wissen, dass der Verkauf stagniere und die avisierte Fortsetzung nun doch nicht infrage komme ... Charly suchte einen neuen Verlag, suchte lange und vergeblich, bekam Wutanfälle, Depressionen, fing sich wieder ... Und lud ihn ein, den Kritiker, wollte ihn fragen warum. Warum ein Debüt aburteilen, warum so gehässig, warum so gnadenlos? Der Kritiker kam nicht, nicht einmal eine Antwort kam. Eines Morgens fanden sie Charly ... im Bunker ... in seinem Blut ... die Pulsadern ... klaffende, tiefe Wunden ...

Irma drückt sich die Hände vor die Lippen und schreit in sich hinein, schluchzt, würgt an ihren Tränen, hat ganz vergessen, dass der Kritiker doch noch gekommen ist, dass er in diesem Moment mit Charly im Bunker sitzt und Tee trinkt. Hat vergessen, dass vielleicht alles wieder gut wird. Und weint sich in den Schlaf.

\*

Robert ist mit allen Gefühlsregungen durch, ja, mit allen. Besonders mit der Wut. Gebrüllt hat er, die Teetassen gegen die Wand gefeuert, die Leitz-Ordner aus dem Regal gerissen und zu Boden geschleudert. An die Bemerkung der Alten, dass er sich entschuldigen soll, hat er sich erinnert und vor einem guten Dutzend imaginärer Beobachtungskameras auf die Erde geworfen, um Vergebung gefleht, wofür auch immer. Später, ruhiger geworden, hat er versucht, die Stahltür mit seinem Leatherman zu bezwingen, hat in jeder Ecke dieses lausigen Kellers, an der Türritze, am Entlüftungsschacht, am Trockenklo versucht, einen Notruf mit seinem Smartphone abzusetzen – umsonst. Auch mit der Frage, warum man ihn einsperrt, ist er durch. Und mit der Furcht, er könnte in die Fänge eines Psychopathen, eines Sadisten geraten sein. Niemand kommt. Nicht einmal, um ihn zu quälen. Womöglich ist nur die marode Elektrik schuld, dass der Türöffner versagt?

Mit der Hoffnung, gerettet zu werden, ist Robert noch nicht durch, nicht ganz. Irgendjemand könnte ihn vermissen und bei der Polizei anrufen. Freunde? Hat er nicht. Eine Freundin? Hat er auch nicht. Nur die glupschäugige Volontärin scheint ihn zu mögen. Ihr könnte es auffallen, wenn er am Montag fehlte, und sie könnte herumfragen. Jemand in der Serviceabteilung könnte sich an den Anruf erinnern, ein gewisser Charly, Mozartweg ... Ja, vielleicht schon am Montag oder am Dienstag wird man nach ihm suchen. Nur, dass der Darjeeling gallenbitter und fast alle ist, dass der Hunger ein Loch in Roberts Magen frisst und dass es eisig kalt ist in diesem Keller.

Robert wickelt sich in eine Lage Filzdecken, die er in einem Spind gefunden hat. Blättert, um sich abzulenken, die Leitz-Ordner durch, findet

Manuskripte auf Schreibmaschinenbögen, liebevoll abgeheftet, je einen Durchschlag auf transparentgelbem und -rosa Papier. Überall hüpft das kleine *g* aus der Reihe. Epische Texte sind es, Geschichten, Entwürfe zu Geschichten, gar nicht mal schlecht, beinahe gut. Robert stöbert weiter, entdeckt einen Ordner mit Briefen, Verlagsabsagen in steifem, demütigendem Ton: … *bitten Sie, von weiteren Zusendungen Abstand zu nehmen* …

Zuhinterst eine Klarsichtfolie mit einem Zeitungsausschnitt, eine Buchkritik, betreffend den Roman *Ein enger Wald.* - Also hatte Charly es doch geschafft? Der Rezensent ist niemand geringeres als Altmeister Rauntzky. Ein Verriss, wie zu erwarten. Einzelne Textstellen sind mit Kugelschreiber unterkringelt: *Machwerk* … und *sprachliche Ohnmacht* … und *intellektuelle Armseligkeit,* die typischen Floskeln. Die kommen Robert irgendwie bekannt vor. Doch da, ganz am Schluss, eine Äußerung, die ihn in den Bann zieht. *Ich bitte, mir zu glauben, dass ich gern einen Absatz oder wenigstens zwei Zeilen zitieren würde, die als Oasen in dieser Wüste gelten könnten.* Er habe, so behauptet Rauntzky, solche Zeilen nirgends finden können.

Robert erschaudert. Mit so einer Sequenz demonstriert man Seriosität, bezeugt man ernsthaftes und doch vergebliches Bemühen, einem fremden Werk Qualität abzuringen. Nicht dem abgeurteilten Schriftsteller, sondern dem in seinem hohen literarischen Anspruch zutiefst enttäuschten Kritiker soll das Mitgefühl des Lesers zufließen. Tja, schon genial gewesen, der alte Rauntzky.

Robert nimmt die Rezension aus der Folie, faltet sie, steckt sie in seine Hosentasche. So brilliert man, so profiliert man sich. Er wird diesen Passus wie einen Textbaustein verwenden, zigfach variieren wird er ihn, wenn er hier raus ist. Wenn.

Er nippt den letzten Schluck Darjeeling aus dem Teekännchen.

\*

Der Enkel hievt eine riesige schwarze Glasscheibe auf das Nussbaumschränkchen, das bislang den defekten Fernseher beherbergt hat. Irma verfolgt seine Bemühungen durch die neue Brille. Die trägt sie auf Wunsch der Tochter von nun an mit einer Kette um den Hals, damit sie sie nicht wieder verlegt.

Drollig sieht er aus, der Enkel. Wie er mit seinem fast kahlen Kopf und seinem rundlichen Hinterteil um das Nussbaumschränkchen krabbelt und mit bunten Stöpseln puzzelt, erinnert er Irma an das Baby, das er einmal war. Nur größer ist er, wuchtiger. Er passt zum neuen Fernseher.

„Jetzt kannst du zig Programme gucken, Omi", sagt er.

„Spar dir die Mühe. Ich höre höchstens die Nachrichten im Ersten."

„Du sollst einen ordentlichen Fernseher haben. Mama besteht darauf."

Irma fügt sich in ihr Schicksal.

Bald ist der Enkel fertig und erklärt die Fernbedienung. „Schau mal, das Erste Programm bekommst du, wenn du die Eins drückst, das Zweite ist auf der Zwei …"

„Jaja, und das Dritte auf der Drei …"

„Nein, auf der Drei hast du jetzt RTL."

„Er-Te-El?" Irma setzt sich, äugt durch die Brille, betrachtet die bewegten bunten Bilder, erkennt einen jungen Mann mit schwarzer Haartolle. Er jault, ruckelt mit den Schultern, zappelt mit den Beinen wie Elvis früher, ja, wie Elvis! Irma gefällt das. „Er-Te-El", wiederholt sie.

Der Bildschirm gerät in Bewegung, umkreist einen Tresen aus Glitzerzeug, zeigt vier Riesenmasken mit bunten Haaren, schwarzen Lidern, schwellend dicken Lippen … *Der hat kein Talent, sondern ein Rad ab,* sagt eine sonnenbraune Muskelmaske mit blitzweißem Backsteingebiss, glotzt aus verengten blauen Augen um sich, glotzt Irma an.

Sie fröstelt vor Entsetzen. „Das ist ja eine Schmähsendung."

„Eine Castingshow, nichts Ernstes", sagt der Enkel und packt seine Sachen.

Das Backsteingebiss feixt weiter: *Bei mir kommen solche Geräusche aus anderen Körperöffnungen.* Gelächter.

Da springt der Bildschirm den jungen Elvis an, der zusammenzuckt, der den Kopf zwischen die Schultern zieht, als habe ihn eine Peitsche getroffen, dessen Blick erstarrt, dessen Wangen lang und bleich werden und dessen Mund aufklafft wie eine Wunde.

Irma schlägt sich die Hände vors Gesicht, schreit auf. „Mach die Garstig-Show aus!"

Der Enkel gehorcht. „Ruf mich an, wenn du die Nachrichten im Ersten nicht findest, Omi." Er küsst sie zum Abschied auf die Stirn und geht.

Irma nimmt die Brille ab, lässt sie sich an der Kette vom Hals baumeln. Charly sitzt im Sessel gegenüber, drückt seine Kippe in den Aschenbecher, dass sie zerknickt. „Er ist also zurück?"

Irma krallt ihre Fingernägel in den Plüsch der Armlehnen. „Er hat Elvis beschimpft."

„Ruf ihn an, Irmchen, sag ihm, Charly will ihn sprechen."

Irma nickt, hebt sich aus dem Sessel, tappt die fünf Schritte zum Teppichrand, tappt die sieben Schritte zur Wandhalterung mit dem Telefon. Und drückt die Kurzwahltaste zur Vermittlung: „Das Fernsehen, bitte … das Er-Te-El-Fernsehen."

+++

Anmerkung: Die Erzählung enthält Zitate von Marcel Reich-Ranicki (belegt in „Bankrott einer Erzählerin. Anna Seghers' Roman Das Vertrauen" in DIE ZEIT, Ausgabe 11/1969 / http://www. zeit.de/1969/11/bankrott-einer-erzaehlerin) und von Dieter Bohlen (belegt in „Dieter Bohlens Mobbing-Show", Berliner Zeitung, Ausgabe vom 30.1.2007 / https://www. berliner-zeitung.de/dieter-bohlens-mobbing-show-15926226)
„Raunzkys Erben" erschien erstmals in „Lies oder stirb! – Mörderisches aus dem Bücherdschungel", Grafit Verlag, 2014.

# FALLHÖHE

Der Henze heckt was aus, soviel ist sicher. Wie der sich hinter seinen Monitor duckt und die Tastatur quält! Klepp ... klepp ... klepper ... klepp ... Und wie der dabei seine fleischige Unterlippe kaut! Professor Dr. rer. nat. Elmar Nungesser (ja, er ist der Nungesser, wer ihn nicht kennt, hat keine Ahnung von Experimenteller Licht- und Teilchenoptik) mag sich den Anblick nicht länger antun, erhebt sich vom Schreibtisch, tritt ans Fenster. Die Birkenreihe, die das Institut für Physik von den Parkplätzen trennt, verliert ihr gelbes Laub, Krähen sammeln sich in den halbkahlen Zweigen. Nungesser putzt seine Brille, langsam, als denke er dabei nach, fährt ruckartig herum und verleiht seiner Stimme eine dezente Schärfe: „Was treiben Sie da eigentlich, Henze?"

Volltreffer. Der Assistent zuckt zusammen, hält beim Tippen inne. Die auf ihrer Decke zusammengerollte Trixi hebt die Schnauze.

„Die Nacht der Wissenschaften, Herr Professor, in drei Wochen." Henzes Wangen glühen rosarot. „Wir wollten der Öffentlichkeit unseren Astigmatismus-Korrektor vorstellen."

„Wir? Mitnichten! Sie wollten."

„Ich hatte es vorgeschlagen. Sie waren einver..."

„Überanstrengen Sie sich nicht, Henze. Nicht für diese Muppetshow. Wenn Sie spaßgeile Zuhörer schätzen, tragen Sie meinetwegen das Exposé zu Ihrer Dissertation vor. Und dann beenden Sie den

Kram. Im Frühjahr bin ich weg, und keiner kann Sie mehr durchwinken. – Außerdem muss der Hund raus."

Henzes Mundwinkel rutschen ab. „Gerne." Er sammelt ein paar Papierbögen von seiner Schreibtischplatte und stopft sie ins Hängeregister seines Schreibtischs. „Komm Trixi."

Nungesser wartet am Fenster, bis Henzes Ohrenklappenmütze unter dem Portalsturz erscheint und sich, gefolgt von Trixis grauer Fusselgestalt, in Richtung Campus-Boulevard bewegt.

Das Hängeregister. Henze hat was drin versteckt. Irgendwas über den Astigmatismus-Korrektor? Blödsinn. Garantiert nicht. Nungesser zieht am Griff, ruckelt an der Lade, vergeblich. Seit wann schließt Henze seinen Schreibtisch ab? Der Rechner ist aus. Und der Zugang? Passwortgeschützt.

Nungessers Blick fällt auf den Drucker. Vielleicht ist unter der Klappe was liegengeblieben? Nichts. Aber im Papierkorb. Er zieht zwei zu Bällchen zerknüllte Blätter heraus, beides verdruckte jpg-Dateien, und streicht sie auf der Ablage glatt. Wie unwürdig, in einem Papierkorb wühlen zu müssen, Fehldrucke entziffern zu müssen! Scham und Wut schießen Nungesser heiß in die Wangen. Und verwandeln sich in schweißnasses Frösteln, als er eine alte, sehr alte Versuchsanordnung wiedererkennt.

\*

Von der Burgruine am Bergfelsen aus betrachtet, hat sich das Heimatstädtchen wenig verändert. Schmiegt sich mit seinen Schieferdächern wie ein fauler grauer Kater ins Flusstal. Das Schnurren besorgt wie eh und je der Feierabendverkehr auf der Schnellstraße.

Nungesser blickt sich um. Karges, verwittertes Bruchsteingemäuer, eine vom Sturm gefällte Eibe. Kein Weg mehr. Ende Gelände. Wie ein Sinnbild seines Lebens kommt ihm dieses Fleckchen Erde vor. Henze, der Wicht, hat zum Todesstoß ausgeholt. Henze, den er jahrelang ertragen hat, widerwillig gefördert hat ... Menschen sind nicht berechenbar.

Todesstoß? Nungesser tritt an den Abhang. In zehn, elf Metern Tiefe ragt spitzes Gestein aus spärlichem Gras. Früher einmal lockte dieser Fels zu jugendlichen Mutproben. Ein ungelenker Erwachsener hätte keine Chance an dieser Steilwand.

Ha, früher. Da schien ihm die Heimatstadt zu Füßen zu liegen. Und nicht nur die Heimatstadt. Zweimal Sieger bei Jugend forscht, es stand groß in der Zeitung, Abi mit Auszeichnung, Studienstiftung des Deutschen Volkes, Professur mit sagenhaften 35 Jahren. „Und wann bekommst du den Nobelpreis?", hatte jemand beim Jahrgangstreffen im Goldenen Ochsen gefragt. Im Spaß nur, und Nungesser hatte, wie die anderen, laut dazu gelacht. Hatte verschwiegen, dass es fast soweit war.

Den legendären Schwarz-Hora-Effekt hatte er nachgewiesen. So gut wie nachgewiesen. Elektronen, die blaues Laserlicht aufnehmen, transportieren und wieder abgeben können. Es schien ein Meilenstein auf dem Gebiet der experimentellen Physik zu sein, was Schwarz und Hora in den Sechzigern beobachtet hatten. Doch bald verkam die Entdeckung zum Mythos, weil weitere Versuche scheiterten. 1995 endlich schien er, Nungesser, den Dreh gefunden zu haben. Zufällig. Blaue Lichtblitze erschienen deutlich auf seiner Aluminiumprobe. Leider nur einmal. Und es gab keine Zeugen.

Schwarz und Hora, die berühmten Kollegen, hatten das Phänomen längst ad acta gelegt, Nungesser nicht. Neun Jahre hat er ihm geopfert, zu spät gemerkt, dass die Fachwelt spottete, seine Aufsätze ignorierte. Der versprochene Ruf an die TU München blieb aus. Er schrieb an Hora in Sydney, schilderte ausführlich seine Experimente. Bekam keine Antwort. *Du hast dich verrannt, total verrannt,* sagte Susanne, packte ihre Koffer und heiratete einen Unternehmensberater. *Seine* Susanne!

Von da an profane angewandte Optik. Nur noch. Mit seiner Pensionierung wird der Lehrstuhl platt gemacht, hat das Präsidium durchblicken lassen.

Und nun hat Henze, der Wicht, die Lösung gefunden. Und will sie öffentlich vorführen. Will *ihn* öffentlich vorführen. Ihm den Todesstoß versetzen …

Selbstversunken starrt er die Steilwand hinab, das wenige Gras inmitten des Gesteins scheint ihm entgegen zu wachsen, zeichnet einen Trichter aus flaumigem Grün, einen saugenden Fluchtpunkt in der Tiefe. - Springen? Leises Sirenengeheul lenkt Nungessers Blick zum Horizont, wo blaue Blitze auf aluminiumgrau schimmernde Wölkchen treffen. Es ist nur ein Rettungswagen Richtung Kreiskrankenhaus. Ein Omen? Unsinn, Physiker glauben nicht an Omen. Lieber glauben sie an Eingebungen, ausgelöst durch reale Beobachtungen, gefüttert von einem scharfen Verstand. Nungesser weiß mit einem Mal, was zu tun ist, schickt der Abendsonne ein bitteres Lächeln und macht sich auf den Heimweg, bevor es dunkel wird.

*

„Schaffst du's, Ulf?" Nungesser gibt sich besorgt.

„Klar, Elmar", schnauft Henze.

Im Goldenen Ochsen haben sie Lamm in Senfsauce gegessen und mit einem Riesling auf ihre Brüderschaft angestoßen. Nungässer hat Henze ein Summa cum laude versprochen, worauf der so tat, als kämpfe er mit den Tränen, der scheinheilige Sack.

Trixi hat Henze fest an der Leine, zerrt ihn den in Serpentinen angelegten Waldweg entlang, die gewundene Steintreppe zur Burgruine hinauf. Wie immer ist sonst kein Mensch da.

„Na, was sagst du?" Nungesser breitet die Arme aus, als habe er das Panorama selbst geschaffen.

Henze hechelt noch ärger als Trixi. „Gi…hi…gantisch!"

Nungesser kramt zwei Flachmänner aus seinem Rucksack, Obstler, 42 Prozent. „Prost Ulf."

„Prost Elmar", sagt Henze, nimmt einen Schluck und lacht in den Himmel hinauf. Nungesser holt aus, erzählt von der langjährigen Zusammenarbeit, der Freundschaft, die sich entwickelt habe, dem Vertrauen …

Henze trinkt und trinkt, lallt Zustimmung.

„Schau mal, Ulf, als Junge bin ich da runter geklettert. Ob ich das heute auch noch schaffe?" Nungesser macht ein paar Schritte auf den Steilhang zu.

Henze folgt ihm, äugt in die Tiefe. „Himmelswwilln!"

„Traust du mir nicht zu, was?"

„Is su hoch."

„Wir nehmen die Hundeleine, du seilst mich ab."

„Mach kein Kwwatsch, Elmar."

Nungesser schnappt ihn am Kragen. „Tja, einem staunenden Publikum meinen Schwarz-Hora vorführen und tun, als sei es deiner? Das klappt nicht, wenn ich tot bin, was? Man wird sagen, du hast mich beklaut, wird sagen, du hast mich gestoßen, wird sagen, du bist ein Mörder."

„Wwas?" Henze hebt beide Hände.

Nungesser schiebt ihn beiseite, tritt an den Abhang, unter seinen Füßen knirscht der Kies. „Leb wohl, Verräter."

Henze fasst seinen Arm. „Profess…!"

Handgemenge, ein Hieb vor die Brust, Stolpern, Taumeln, Fallen. Trixis Gebell übertönt den Schrei. Wie ein Haufen Altkleider liegt Henze am Fuß des Felshangs, glotzt stumm aus seiner Ohrenklappenmütze.

Nungesser erschaudert, zittert, drückt sich ans

Ruinengemäuer. Ganz ruhig jetzt. Auch dies ist eine Lösung. Eine gute Lösung. Die beste sogar. Er atmet durch, zieht sein Handy aus dem Rucksack und wählt die 112. „Ein schrecklicher Unfall. Kommen Sie schnell." Er streicht seine Joppe glatt, trinkt seinen Obstler in einem Zug aus und sieht sich nach Trixi um. Ist abgehauen, das dumme Tier.

\*

„... freuen wir uns, dass Sie so zahlreich gekommen sind ... heute im Rahmen der Nacht der Wissenschaften ... der Schwarz-Hora-Effekt ... nachzuweisen geglückt ist ... durch Professor Dr. Elmar Nungesser, einige Jahre unterstützt durch meine Wenigkeit ..." Atemlos vor Verwirrung überfliegt Nungesser Henzes Vortragsentwurf. Ein einziges Loblieb auf ihn, Henzes Doktorvater. - Es war kein Problem, an das Skript heranzukommen, der Schlüssel zum Hängeregister lag in Henzes Stiftekiste. Henzes Expertisen einsehen? Die Versuchsanordnung? Die Videos?

Der Administrator schüttelt den Kopf. „Unmöglich. Alles fachmännisch verschlüsselt. Bestimmt um die Daten vor Spionage zu schützen. Er war Ihr Assistent? Mein Beileid."

Trixi knurrt den Stümper hinaus.

Nungesser tritt ans Fenster. Eine Schar Krähen fliegt kreischend auf, als ein Mensch im Overall seinen Laubbläser in Gang setzt. In sechs, sechseinhalb Metern Tiefe säumt ein ungepflegter Rasen steinerne Gehwegplatten. Die Grasspitzen scheinen ihm entgegen zu wachsen, ziehen konzentrische Kreise, zeichnen einen Fluchtpunkt, tief, saugend ... *Spring*, säuselt es in Nungessers Ohren. *Spring*, winselt Trixi und stupst ihn ans Bein.

Er wendet sich ab. Sechs Meter sind nicht genug.

+++

„Fallhöhe" war für den Ralf-Bender-Krimipreis 2017 nominiert.
Die Geschichte erschien erstmals in „Doudnsuppn – Kriminalkurzgeschichten aus dem Bayerischen Wald", Hrsg.: Alexander Frimberger und Lothar Wandtner, Edition Golbert im HePeLo Verlag, 2017.

# SEHNSUCHT

Es war doch ... ist doch ... Liebe, oder? Was sonst? Annalena würde es genauso sehen. „Love is strange", singt sie in ihrer Coverversion eines Fünfzigerjahre-Titels. Mit den Geigen im Hintergrund und den Tremolos im Refrain klingt es melancholischer als das Original. - Ach was, zum Heulen traurig klingt das Lied, wenn sie es singt.

Ich kenne Annalena von früher. Sie wohnte in einem der Mietshäuser auf der anderen Straßenseite und war eine Freundin meiner großen Schwester. Zig Mal stand sie wie verhakt vor unserer Wohnungstür: „Hallo ... ähh ... ich will ... ähh ... zu Kerstin". Statt reinzukommen, spähte sie über mich weg und zupfte an den Spitzen ihrer Fisselmähne. Ich drehte mich um und ließ sie stehen. Und da stand sie, bis Kerstin sie abholte und mit sich in ihr Zimmer schleifte.

Schon mit dreizehn, vierzehn konnte Annalena auffallend gut singen, trat manchmal mit der Schulband auf. Freund hatte sie keinen, zu rundes Gesicht, zu viele Pickel. Am uncoolsten war ihr Hintern. In den angesagten Jeans sah sie aus wie ein Flusspferd. Fand ich jedenfalls - damals.

Alles änderte sich, als ich fast fünfzehn war und sie noch nicht ganz sechzehn. Mein Opa starb überraschend und hinterließ eine Wohnung voller Trödel. Meine Eltern, Kerstin und ich durchkämmten sein verwohntes Mobiliar in der Hoffnung, ein paar wertvolle Antiquitäten zu finden. Vater gab die Losung aus: „Jeder darf ein

Erinnerungsstück behalten, der Rest wird verscherbelt, und wir leisten uns eine Reise nach London."

Das war motivierend, und ich wühlte mich durch Schränke und Kommoden, stöberte in Schubladen und Regalen, fand zwischen Bergen alter Ansichtspostkarten und karierter Stofftaschentücher immerhin eine defekte vergoldete Armbanduhr, ein Eisernes Kreuz am Bande und ein Paar Manschettenknöpfe mit eingefassten Opalen. Ein zerschlissener Koffer mit Jagdzubehör, den Opa in einer Abseite aufbewahrt hatte, erschien mir wenig interessant, zumal ausgerechnet die Flinte fehlte und das einzige Jagdmesser komplett verrostet war. Aber das Spektiv gefiel mir auf Anhieb, armeegrün lackiert und mit einem fliegenden Habicht als Emblem. Dazu gehörte ein Lederfutteral samt Verschlusskappe, Tragegeschirr, Schulterpolster und so weiter. Ich setzte das Okular ans Auge, spähte durch und besah mir meine gezoomten Sneakers. „Toll, sagte ich, „damit erscheint alles viel größer."

Kerstin lachte dämlich. „Dann behalt es doch." Sie entschied sich für eine rosa gewandete Porzellanballerina von Rosenthal. Meine Eltern brachten die restlichen Fundstücke – ein bisschen Goldschmuck, einen Satz Silberbesteck, ein paar Bleikristallschalen und Hummelfiguren – zum Antiquitätenhändler. Aus London wurde nichts. Wenn ich mich richtig erinnere, gab die Ausbeute nicht mal Opas Beerdigungskosten her.

Tage drauf merkte ich, dass ich das Beste aus Opas Nachlass gefischt hatte. Das Spektiv stammte von Swarovski, nannte sich Habicht CT, und obwohl es museumsreif aussah, funktionierte es einwandfrei, vergrößerte Objekte in weiter Entfernung auf das zwanzig- bis sechzigfache. Wahnsinn! Wenn das Wetter günstig war, beobachtete ich stundenlang Wolken und Flugzeuge, Vögel, Eichhörnchen, Kräne, Dachdecker bei der Arbeit ... Am Abend suchte ich erst den Sternenhimmel, dann die erleuchteten Fenster der Nachbarn ab.

Dabei passierte es. Ich habe Annalena gesehen. Entdeckt sozusagen. Im Haus gegenüber, zweiter Stock links, war ihr Zimmer. Eine breite Straße und viel Vorgartengrün zwischen uns. Mit bloßem Auge hätte ich allenfalls einen Schatten erkannt. Aber mit dem Spektiv – ha! Sie musste gerade aus dem Bad gekommen sein, tupfte mit einem Handtuch ihre Kullerbrüste ab, stellte ein Bein höher, bückte sich, strich mit dem Handtuch langsam ihre Schenkel hinauf, erst außen, dann innen, erst ein Bein, dann das andere, und über allem wölbte sich ein fantastisch ebenmäßiges Doppel-Oval. Schlagartig erkannte ich, dass gar nicht ihr Hintern falsch war, sondern die Jeans, die sie immerzu trug. Das Bild sprang mich an und ließ mich nicht mehr los.

Ich räumte mein Zimmer um, stellte meinen Schreibtisch vors Fenster, täuschte meiner Familie gegenüber Hausaufgaben vor, die ich am Abend zu machen hätte. Und wirklich - ich konnte Annalena noch oft beobachten, konnte zusehen, wie sie sich auszog, den BH, die Höschen, wie sie sich abtrocknete, eincremte, *überall* eincremte … Selbst wenn sie die Lamellenjalousie an ihrem Fenster heruntergelassen hatte, konnte ich genug erahnen, um die halbe Nacht feucht zu träumen. Um pitschnass zu träumen. Meine Mutter verkniff sich beim Bettwäschewechseln jedwede Bemerkung.

Tagsüber umkreiste ich Annalena wie die Katze den Vogelkäfig: umsichtig, lautlos, wie beiläufig. Klar litt ich darunter, dass sie durch mich hindurch sah wie durch aufgewirbelten Staub. Nicht auszudenken, wenn sie mich verlacht hätte, wenn sie herumerzählt hätte: „Stellt euch vor, Grumpy will mich angraben." – Grumpy, so nannten sie mich damals in der Schule. Alle. All die Jahre. Niemand konnte mehr sagen, wer den Namen aufgebracht hatte. Ich tat, als mache es mir nichts aus.

Wenn Annalena verreist war, kam ich mir vor wie ein ausgesetzter Hund. Ich schrieb ihr Gedichte, die ich unter „Deutsch/Lyrik" abspeicherte, für den Fall, dass meine Eltern oder meine Schwester sie fanden. Einmal, nach den großen Ferien, hielt ich es nicht mehr aus, ich musste einen Kontakt herstellen, irgendeinen, schickte ihr meine gereimten Ergüsse anonym über Internet aufs Handy. Die müssen Eindruck auf sie gemacht haben. Sie begann sich zu schminken, färbte sich die Haare heller und stylte sie zu üppigen Locken. Immer öfter ging sie nachmittags allein im Park joggen oder spazieren, sah sich verstohlen nach allen Seiten um. Nach mir, ja, wahrhaftig nach mir suchte sie die Wege und Rasenflächen ab, während ich ihr von der Bank am Ententeich aus zusah.

Einmal, im Sommer, trug sie statt der Jeans einen Flatterrock, der bei jedem Schritt ihre Pobacken streichelte. Das machte mich verrückt, und ich schrieb ihr das. Von da an trug sie meistens Röcke und Kleider, manchmal ziemlich kurze.

Die Sache fing an, mir Spaß zu machen. Ich meldete mich bei facebook an, nannte mich Alexander XL, setzte ein Konterfei aus der Männerkosmetikwerbung dazu und schickte ihr Herzchen-Gifs ins Postfach. Sie antwortete manchmal mit einem Like.

Ob sie einen Schleimer wie diesen Alexander XL treffen würde? Irgendwann wollte ich es unbedingt wissen und bestellte sie zur stillgelegten Nordseite des Frachthafens, abends um halb neun. Erst wollte ich nur testen, ob sie kommt und mich rechtzeitig verziehen, dann hatte ich eine andere Idee. Ich verabredete mich mit zwei Kerlen aus einem Skateclub, versprach jedem zwanzig Euro, wenn sie mir auf dem abgeschiedenen Gelände das Skateboarden beibringen würden. Die beiden fanden mein Angebot urkomisch, feixten eine Weile rum, waren aber am Ende einverstanden.

Ich glaubte, Annalena würde verschwinden, sobald sie uns entdeckt. War ja sonst kein Mensch da, und es dämmerte schon. Aber sie blieb, stöckelte in ihren Riemchen-Pumps und mit schlenkerndem Schultertäschchen über den Asphalt, setzte sich auf eine Abmauerung und starrte den Zufahrtsweg runter. Unter dem Flatterrock blitzten ihre Schenkel. Der eine Typ, Boris hieß er, steuerte auf sie los, der andere, Patrick, hinterher. Ich hielt mich zurück, konnte nicht hören, was sie mit ihr redeten, sah bloß, wie sie eine Schnute zog und sich wegdrehte, aber sitzen blieb. Das war natürlich ein Fehler.

Ich weiß, ich hätte früher eingreifen sollen. Schließlich schrie sie laut genug. Aber ihr Anblick legte mich völlig lahm. Die hatten ihr das T-Shirt hochgezogen und den Rock runtergerissen. Dieser Kullerbusen, der pralle kleine Bauch ... Ich brauchte gar kein Spektiv, plötzlich war alles so echt. Erst als sie sie in ein Holundergebüsch zerren wollten, wurde ich wieder klar im Kopf, grölte rum, wie fett und picklig und hässlich sie wäre. Boris und Patrick waren nicht sonderlich clever, sie lockerten ihre Griffe, glotzten an ihr runter, glotzten zu mir rüber ... Annalena konnte sich losreißen und rannte um Hilfe kreischend in Richtung Straße, wo prompt ein Transporter vorbeikam und anhielt. Boris und Patrick hauten ab.

Annalenas Riemchen-Pumps lagen im Dreck, genauso die Handtasche und ein rausgefallener Lippenstift. Ich säuberte die Sachen mit dem Innenfutter meiner Jacke und legte sie ihr vor die Wohnungstür. Klar gab es Ärger, denn ihre Eltern gingen zur Polizei. Aber letztlich war nicht viel passiert. Und weil Annalena dem Gericht verschwieg, was sie mit Pumps und kurzen Rock abends am Frachthafen wollte, kamen Boris und Patrick mit einer Ermahnung davon.

Die Geschichte stand groß in der Zeitung und war Dauerthema an unserer Schule. Ich galt als Annalenas Retter, fand unverhofft viel Anerkennung, und sie bekam die Häme ab. Ich hätte sie gern wissen lassen, dass ich sie nicht hässlich finde, dass ich das nur gesagt hatte, damit die beiden Deppen sie in Ruhe lassen. Doch damit hätte ich mich womöglich verraten. Ihre Familie zog weg. Nicht mal Kerstin erfuhr die Adresse.

Es hat Jahre gedauert, bis ich Annalena wiedersah – im Fernsehen. Sie hatte einen Song-Contest gewonnen und wurde über Nacht zum Star: Anna Lenz. *Die* Anna Lenz.

Das passte. Ich hatte unterdessen die Schule geschmissen, mir ein paar Hacker-Tricks reingezogen und bei People-X-Press als Reporter angeheuert. Beziehungsweise als das, was bei solchen Magazinen Reporter heißt. Mein Job war es, Promis zu belauern und Infos über sie zu beschaffen, in Heimarbeit am eigenen Rechner. Mein Spektiv habe ich samt seinem Tragegeschirr als Wanddekoration über meinen Schreibtisch gehängt – und gegen eine Bridge-Kamera mit Superzoom 60X ausgetauscht.

Wie und womit ich arbeitete, war meinen Auftraggebern egal. Ich sollte bloß den Stoff in der Redaktion abliefern, wo sie die Storys draus bastelten. Anna Lenz war ein schwieriger Fall. Sie lebte allein im ersten Stock einer dieser Westend-Villen und bekam kaum Besuch, erst recht nicht von Männern. Lieber schien sie sich um Hunde aus dem Tierheim zu kümmern, nahm manchmal einen übers Wochenende zu sich nach Hause. Ich dachte, das wäre brauchbar für einen Rührschinken und schickte der Zeitung mein Material. Aber die nannten sie nur „die Nonne", argwöhnten, sie könnte sodomitisch veranlagt sein. Ich fand heraus, dass sie regelmäßig zu einem Therapeuten ging und brachte das mit der versuchten Vergewaltigung am Frachthafen in Verbindung. Daraus strickte der Redakteur eine „schwere Sexualmacke seit frühester Jugend". Ich avancierte zum Zulieferer für weitere Medien, sogar für Yellow-TV. Trotz dünner Recherche konnte ich eine Menge Geld machen. Und Annalena wurde richtig berühmt.

Einmal habe ich ihr das Leben gerettet. Ich hatte sie beim Chatten angezapft und erfahren, dass sie unter Depressionen litt, an Selbstmord dachte. Also legte ich mich auf die Lauer. Wochenlang nichts. Erst als ich ihre Telefonnummer in die Masseuse-Spalten eines Anzeigenblättchens setzte, kam Bewegung in das Projekt, sie drehte durch. Ich klinkte mich in den Chatroom des von ihr bevorzugten Suizidportals ein und bot mich ihr als diskreter Beschaffer verschreibungspflichtiger Schlaftabletten an. So war es kein Problem, das Kamerateam von Yellow-TV gleichzeitig mit dem Krankenwagen hinzubestellen.

Ein vereitelter Selbstmord, so viel weiß ich inzwischen, ist schlecht für die Publicity. Zwar gab es anfangs einen mords Bohei und überall Kommentare, in denen Anna Lenz als Opfer ihrer Popularität bemitleidet wurde. Aber dann wurde es still um sie. Sehr still. Zumal sie nach ihrer Reha in einer Nervenklinik noch zurückgezogener lebte als zuvor. Allenfalls über ihren Agenten ließ sie wissen, wann sie wo auftrat und mit wem sie Plattenaufnahmen plante. Interviews gab sie keine mehr. Manchmal setzte sie sich für Wochen in die Provence ab. Natürlich folgte ich ihr.

Letzten Sommer, in der Nähe von Aix, ist dann das Unglück passiert. Ich legte mich mit einem Kamerateam auf die Lauer, als Annalena eine Handvoll Leute in ihr Ferienhaus eingeladen hatte. Es war eine Gartenparty wie jede andere, nichts was als Sensation hätte herhalten können. Wir wollten schon zusammenpacken, da ging sie mit so einem südländischen Beau ins Haus – und kam nicht zurück. Ich gebe zu, es war unprofessionell, absolut unprofessionell, dass ich, ohne mich zu sichern und mit der Bridge um den Hals, eine Pinie raufgeklettert bin, um in ihr Schlafzimmerfenster sehen zu können. Absurde Idee bei meiner Statur. Ich verfehlte einen Ast, fiel drei Meter tief und schlug auf einem Gesteinsbrocken auf.

Sie muss was mitbekommen haben. Vielleicht hat sie mich sogar liegen sehen. Von Ferne. Sie hat die Sanitäter kommen lassen, aber sie hat nicht weiter nach mir gefragt.

Mein Schwerbeschädigtenpass weist mir einen Behinderungsgrad von 100 aus. Weil zu der Mikrosomie, in plumpem Deutsch Zwergenwuchs, die bei meinen Einsfünfunddreißig Körperlänge mit 40 Grad berechnet wird, die Gehbehinderung dazukommt. Die allerdings gilt als Folge eines Arbeitsunfalls, sodass ich eine großzügige Rente bekomme und mir ein Pflegeheim in Annalenas Nähe leisten kann. Von meinem Zimmer im sechsten Stock aus habe ich einen freien Blick zu ihrer Penthousewohnung einen Block weiter. Ich bitte die Schwestern oft, meinen Rollstuhl ans Fenster zu schieben. „Damit ich die Skyline sehen kann", sage ich. So schöpft niemand Verdacht. Und manchmal kann ich sie beobachten, wie sie auf der Dachterrasse frühstückt und ihren jungen Collie tätschelt. Dann lege ich mir ihre neue CD auf: „Love is strange", mit Geigenmusik … zum Heulen traurig.

Klar war es Liebe. Was sonst? Unglückliche Liebe, verschmähte Liebe, Hassliebe vielleicht. Dass sie immer über mich hinweg sah, dass sie mich mied, wie alle anderen, hätte ich verwinden können. Nur nicht, dass sie mich Grumpy nannte. Nach einem der Zwerge aus Walt Disneys Schneewittchen-Verfilmung. Ausgerechnet nach diesem grämlichen, eigenbrötlerischen Zwerg Grumpy, über den das Kinopublikum am meisten lacht. Niemand wusste, wer den Namen aufgebracht hatte. Außer Kerstin. Sie hat es mir verraten, nachdem ich ihr die Rosenthal-Ballerina zerhauen und eine Scherbe davon an den Hals gesetzt hatte.

Morgen besuchen mich meine Eltern. Sie haben versprochen, mir meinen alten Laptop vorbeizubringen. Darauf müsste ein noch immer taugliches Spyware-Programm installiert sein. Die Bridge ist irreparabel kaputt, aber Opas Spektiv ist intakt – gute Schweizer Wertarbeit halt. Das Spektiv wollen die Eltern mir auch mitbringen. Ich kann's kaum erwarten.

+++

„Sehnsucht" war für den Friedrich-Glauser-Preis 2017 nominiert (Kategorie Kurzgeschichten).

Die Geschichte ist erstmals erschienen in „Suche Trödel, finde Leiche – Kurzkrimis vom Dachboden, vom Sperrmüll und vom Flohmarkt", Hrsg.: Ingrid Schmitz, KBV Verlag, 2016.

# BOMBEN ZU FONTÄNEN

*18:29 Uhr MEZ. Die Überwachungskamera am Bahnhof Bordesholm zeigt drei wartende Personen am Gleis 1: ältere Dame mit Kleinkind, beide ohne großformatiges Gepäck ... dritte Person mit Rucksack, keine Marke erkennbar ... Person ist weiblich, blond, jünger als 18, circa 1,65 m ... dunkle Steppjacke, gestreifter Schal ... Bei Einfahrt des RE 21031 von Kiel nach Hamburg steigen die drei Personen ein. Der Zug verlässt den Bahnhof plangemäß um 18:32 Uhr MEZ. Observierungsbeamter Hansen tippt ein Minuszeichen in seine Datei: keine Auffälligkeiten.*

Marie wählt eine Zweierbank in Fahrtrichtung, setzt sich ans Fenster und blockiert den Nebensitz mit Rucksack und Mantel. Senkt den Kopf und schließt die Augen, als ob sie schliefe. Keiner soll sich zu ihr setzen, keiner soll sie ansprechen. Heute nicht. Heute ist der 25. November, Maries Todestag. Weil leben voll scheiße ist. Marie hat genug von dem Scheißleben. In die Hamburger Alster wird sie springen, von der Lombardsbrücke runter. Da, wo Bastian sie zum ersten Mal geküsst hat.

Tränen quetschen sich durch die Lider, rinnen die Wangen runter. Sogar von der Nase tropfen Tränen. Marie schnieft. Zwischen den Sitzen der Vorderbank glotzen zwei Kinderaugen. „Die weint."

Darüber erscheint ein Omagesicht, wirft ein verkniffenes Lächeln durch die Sessellücke. „Sie hat den Schnupfen. Du hast doch auch manchmal Schnupfen" Die Omastimme erklärt, was ein Taschentuch ist.

„Die weint", sagt das Kind.

„Setz dich ordentlich hin, Katarina."

Marie dreht sich zum Fenster, starrt ins Schwarze. Kleine Kinder sind eine Plage. Erst kriegt Papa eins, beziehungsweise seine neue Freundin. Und weg ist er, Mama und Marie sind allein. Und jetzt ist Bastians Ex schwanger. *Mit der läuft längst nix mehr ... wir sind bloß noch gute Freunde*, hat er behauptet. Das war gelogen.

*18:40 Uhr MEZ, Bahnhof Neumünster. „Achtung am Gleis 6, es hat Einfahrt der Regionalexpress 21031 nach Hamburg über Elmshorn, Pinneberg ..." Observierungsassistent Wagner legt seine Milchschnitte beiseite. Der Monitor übermittelt fünf Koffer, zwei Reisetaschen, drei Rucksäcke ... bei insgesamt neunzehn zusteigenden Reisenden. Eine davon männlich ... jugendlich ... allein reisend ... Kapuzenjacke. Und Strickmütze. Südländischer Typ. Wagner notiert: „Vorbehalt: Obacht auf Rucksack, dunkel, mit heller Verzierung in Begleitung männlicher Person ..."*

*Der junge Mann steigt als letzter ein, dreht sich am Trittbrett um, wirft einen Blick über den Bahnsteig.*

*„Du hast auch gar keine Vorurteile, was?", Wagners Kollege tippt auf den Monitor. „Der Knabe ist doch höchstens sechzehn. Und sieht drein wie ein Melancholiker."*

*Wagner streicht seine Notiz.*

*„Vorsicht bei der Abfahrt des Zuges", sagt der Lautsprecher.*

Cemal zieht die Mütze tiefer in die Stirn, scannt das Wageninnere aus den Augenwinkeln. Wohin mit dem Scheißding? Auf den Boden soll er's legen, hat Yüksel gesagt. Direkt auf den Boden. Weil, was liegt, nicht fallen kann. Cemal sucht einen freien Vierersitz aus. Er platziert den Rucksack an einem der Fensterplätze, setzt sich daneben und streckt beide Beine aus. *Ganz ruhig jetzt, Cemal.*

Remmdedemm – Remmdedemm ... Die Fahrgeräusche dröhnen in den Ohren. Draußen rotieren Windräder als schwarze Schattenrisse vor nachtblauem Himmel. Cemal wird nicht ruhig. Im Gegenteil. Seine Hände zittern. Er ballt sie zu Fäusten. Synchron ballt sich sein Magen, schickt einen Schwall Übelkeit die Gurgel rauf. - Vielleicht ist er krank, hat sich bei Yüksel angesteckt? Was wäre, wenn er kotzen müsste, Fieber bekäme? Dann könnte er nicht machen, was er anstelle von Yüksel machen soll. *Ich bin krank, ey! Sucht euch 'nen anderen!*

Zu spät. Alles abgemacht. Wer abspringt, ist ein Verräter. Hat den Tod verdient. *Mach mir keine Schande, kleiner Bruder,* hat Yüksel gesagt, Seine Augen waren glasig vom Fieber. Oder vor Angst?

Seit Vater an Krebs gestorben ist und Cemals Familie von Hartz4 leben muss, ist Yüksel bei den Gotteskriegern. Redet von Mission und Vergeltung. Als wolle er irgendwen irgendwie für das alles bestrafen. Cemal will nicht Gotteskrieger werden sondern Arzt. Weil Ärzte Krebs heilen können. Manchmal. Aber das kann er niemandem sagen. *Du - Doktor?* Sie würden ihn auslachen. Yüksel hat nicht mal 'ne Lehrstelle als Automechaniker gekriegt.

*

55

„Frieden auf Erden und den Menschen ein Wohlgefallen." In der Sitzreihe vor Marie hat die Oma ein Bilderbuch ausgepackt, liest dem Enkelkind die Weihnachtsgeschichte vor. Die Omastimme kippt vor Ergriffenheit.

Ätzend. Marie rafft ihre Sachen zusammen und zieht um. In der Wagenmitte ist ein Viererplatz frei. Quer über den Gang sitzt ein einzelner Ausländer mit Strickmütze, starrt mit verschränkten Armen zum Fenster raus.

Marie setzt sich.

Der Ausländer sieht zu ihr her, sieht wieder weg. Er ist so alt wie Marie. Und er hat den gleichen Rucksack.

Von Kik oder Lidl oder Tchibo ist der Rucksack. Marie hat ihn von Mamas neuem Lover zum sechzehnten Geburtstag bekommen. Gewünscht hatte sie sich einen von Bench. Der von Kik oder Lidl oder Tchibo sei das „oberaffengeilste Teil", das er habe auftreiben können, hat Mamas Lover erklärt und gelacht. Marie hat einen Plastikzombie an den Tragegriff gehängt und das hässliche Ding wochenlang im Flur abgestellt. Heute soll der Rucksack samt Zombie und Marie in der Alster absaufen. Sie stopft ihn ins Gepäckfach.

„Die Fahrausweise bitte". Eine Uniform mit Kappe erscheint, und Cemal wird heiß. Er soll nicht mit dem Monatsticket fahren, hat Yüksel verlangt, sondern eine Einzelfahrkarte am Automaten ziehen. Hat Cemal auch so gemacht. Und dann die Karte – wohin noch mal gesteckt?

Die Uniform steht abwartend zwischen den Sitzreihen. Kalter Blick, langer Hals. Cemal sucht alle Hosentaschen ab, nestelt im Anorak, findet endlich das Pappding, zerknüllt, eingerissen.

Der lange Hals räuspert sich. Fragt nach Cemals Perso. Der steckt wie immer in der Anorakinnentasche — zusammen mit der Monatskarte in einer Sichtfolie. Scheiße!

Wozu er zwei gültige Fahrausweise brauche, will die Uniform wissen. Cemal zieht die Schultern hoch und schweigt. *Wenn sie dich Kanake nennen oder sonst irgendwie blöde anmachen, dann tu, als ob du nix verstehst.* Rät die Mutter immer. Manchmal klappt's.

„Wollen Sie auch all meine Ausweise sehen?" Das blonde Mädchen von gegenüber streckt dem Schaffner einen Strauß Plastikkärtchen entgegen: „Mein Perso, mein Schülerausweis, meine Yogaklub-Card, meine H&M-Kundenkarte …"

Der lange Hals kriegt krebsrote Flecken, wendet sich ab, die Uniform zieht weiter.

Das Mädchen zwinkert Cemal zu.

Er grinst, guckt zum Fenster. Schämt sich, weil seine Hände schon wieder zittern und Schweiß aus seinem Haaransatz rinnt. Die Scheibe spiegelt das Mädchen vor einer Kulisse aus Oberleitungsmasten wider: blonde Ringellocken, Stupsnase … Verdammt, sie hat den gleichen Rucksack wie Cemal. Jetzt läuft der Schweiß auch den Rücken runter. Und der Magen kneift, als ob eine Ratte dran nagt.

Geruckel, gedehntes Quietschen, der Zug hält außerplanmäßig in Tornesch. „Verehrte Fahrgäste, wir warten auf Reisende nach Altona, deren Zug wegen eines Personenschadens auf der Strecke ..." Der Rest der Nachricht geht in Unmutsgebrumm unter. Zwei Sitzreihen weiter zetert jemand in sein Handy. „... hat sich wieder so'n Idiot vor'n Zug geschmissen ... müssen erst die Leichenteile von den Schienen kratzen."

Marie schnappt nach Luft. Beim Gedanken an einen unförmigen Haufen aus Fleisch, Knochen und Eingeweiden zwischen Bahngleisen wird ihr übel. Sie hat aus gutem Grund die Alster gewählt. Ohnmächtig von der Eiseskälte, vom Gewicht der Hanteln im Rucksack schmerzfrei in die Tiefe gezogen werden ... Und dass man Marie findet, noch bevor das Wasser ihren Körper entstellt, dafür sorgen die drei SMS, die schon fertig auf ihrem Handy gespeichert sind: an Bastian, an Papa und an Mama. Die wird Marie abschicken, ehe sie springt. Schön wie ein Engel will Marie mit ihrem schneeweißen Totenhemd im offenen Sarg liegen. So soll Papa sie sehen. Und sich erinnern, dass er sie *mein Engel* genannt hat, als sie klein war. Jetzt nennt er nur noch die kleine Halbschwester so.

*

Schon halb acht vorbei. Der Zeiger der Bahnhofsuhr ruckt weiter und weiter. Cemal zieht sein Handy aus der Hosentasche. Da warten welche auf ihn, am Jungfernstieg, auf dem Weihnachtsmarkt, links neben einem antiken weißen Riesenrad. Cemal kennt sie nicht. Sie kennen Cemal nicht. Aber sie kennen den Rucksack. Es ist ihrer. Wenn Cemal sich verspätet, muss er mit unterdrückter Nummer eine verschlüsselte Botschaft schicken: *Hast du eine halbe Stunde Zeit für mich?* Oder: *Hast du eine Stunde Zeit für mich?* Je nachdem. Bescheuert. Woher soll Cemal wissen, wie lange das hier noch dauert.

Der Regionalexpress aus Heide lässt auf sich warten. Als hätten sie es verabredet, packen Leute ihren Proviant aus. Es riecht nach Cola und Pizzazungen. Die kleine Katarina muss aufs Klo, kommt mit der Oma an der Hand vorbeigestolpert. Lächelt Marie an. Marie lächelt zurück, zwinkert. Die Oma freut sich und schenkt Marie ein Karamellbonbon.

„Danke." Marie wickelt es aus dem Papier und steckt es in den Mund. Kalorien sind kein Thema, wenn man sowieso gleich stirbt.

Die Waggontüren zischen auf, kalte Luft strömt herein, gefolgt von schlecht gelaunten Leuten, die nach freien Sitzplätzen Ausschau halten. Darunter eine Gruppe Männer mit HSV-Kappen und Bierfahnen. Sie haben es auf Cemals Viererplatz abgesehen. „He, Alter, verschwinde! Hier sitzen wir jetzt."

Cemal beschließt, nicht zu reagieren.

„Bist du taub, Kanake?" Einer reißt ihm die Mütze vom Kopf, wirft sie ins Nachbarabteil, wo das Mädchen mit den Ringellocken sitzt. Sie fängt die Mütze auf und macht eine Handbewegung, die heißen soll: Kannst dich hierher setzen. In

Deutschland ist das kein bisschen unanständig, sondern normal. Cemal erhebt sich.

„Na also, Kanake, warum nicht gleich?"

Drei Kerle lassen sich grölend auf die Sitze fallen, der vierte schubst Cemal in den Gang, versetzt dem Rucksack einen Tritt. Der schliddert über den Boden.

Cemal erstarrt. Nichts passiert.

Ringellocke hebt den Rucksack auf.

Cemal ist mit einem Satz bei ihr, zerrt ihn ihr aus der Hand, fängt ihren erschrockenen Blick auf. Setzt sich. Legt den Rucksack neben sich auf den Boden.

Sie reicht ihm die Mütze, ohne ihn anzusehen. Bestimmt ist sie jetzt beleidigt, glaubt, dass er glaubt, sie wolle was klauen. *Au Mann, ey!*

Ein ältliches Ehepaar taucht unvermittelt auf und will die zwei freien Plätze. „Da oben gehört das Gepäck hin", knottert der Mann und hievt Cemals Rucksack auf die Ablage. „Außerdem möchten wir neben einander sitzen." Ringellocke verschwindet aufs Klo. Cemals Rucksack zittert zwischen Decke und Ablagegitter.

„Nächster Halt: Hamburg Hauptbahnhof. Sie haben Anschluss …" Ringellocke kommt zurück, aber nur, um ihre Sachen zu holen und sich in die Schlange vor dem Ausstieg einzureihen.

Cemal muss Gerempel vermeiden, bleibt sitzen bis zuletzt. Noch eine Station mit der S-Bahn, dann ist er am Ziel. – Und dann?

\*

*20:15 Uhr MEZ. Hamburg, Weihnachtsmarkt am Jungfernstieg. Die beiden V-Männer vom LKA haben sich beim Riesenrad postiert, nippen an Tassen mit dampfendem Hagebuttentee und halten Ausschau. Der Kopf einer islamistischen Splittergruppe soll einen Rucksack überbringen, dunkelbraun mit gelben Biesen. Den Mann gilt es festzunehmen, den Rucksack zu beschlagnahmen und unverzüglich zum gepanzerten Wagen hinter der Absperrung zu bringen. In dem Gepäckstück steckt vielleicht ein Sprengsatz, vielleicht eine Sprengsatzattrappe. Nichts ist klar, weil der Bombenbauer, der mit ihnen zusammenarbeiten wollte, abgetaucht ist. Oder abgemurkst wurde. Immerhin ist diese SMS eingegangen: Hast du eine halbe Stunde Zeit für mich? Wenn das keine Finte ist, müsste der mutmaßliche Terrorist in diesen Minuten auftauchen.*

Cemal hat den Jungfernstieg erreicht, bahnt sich einen Weg durchs Gedränge, bis das Riesenrad sichtbar wird. Weiß-bunt und glitzernd dreht es sich zu einer altmodischen Klingeling-Musik. Links davon soll er sich aufbauen, den Rucksack sichtbar in der Hand.

Cemal hält inne, sieht sich um. Er ist umringt von arglosen Menschen, von freundlichen, lachenden, schwatzenden Menschen. Und von Kindern, ganz vielen Kindern!

Soll das Ding hier hochgehen? Jetzt?

Der Angstkrampf in Cemals Magengrube löst sich, verwandelt sich in Wut, eine Wut, die mit Wucht die Kehle heraufströmt. *Neiiin,* will Cemal schreien, *nie im Leben mach ich so was!*

Cemal beherrscht sich, schreit nicht. Sieht sich um. Wohin mit der Scheißbombe? Er tritt ans Alsterufer. Kein Kahn unterwegs. Spiegelglatt die Wasseroberfläche. Ins Wasser damit! Er setzt den Rucksack ab, betrachtet ihn von oben. Am Tragegriff baumelt eine Plastikfigur. Die hat er noch nie gesehen.

Mit einem Mal wird Cemal eiskalt, ihm sirren die Ohren. Der Rucksack gehört Ringellocke. Und sie hat seinen. Wie mechanisch zerrt er den Reißverschluss auf, wühlt, findet ein Handy, sucht nach irgendwelchen Nummern, Kurzwahlnummern, von Eltern, von Freunden, die wissen, wo sie jetzt hin will. Er lässt den Rucksack fallen, hämmert auf das Display ein. Findet eine SMS im Postausgang: „Tschüss ... sterben ... heute ... Lombardsbrücke".

Lombardsbrücke? Das ist der uralte steinerne Koloss mit den drei Rundbögen auf der anderen Seite der Binnenalster. Cemal kneift die Augen zusammen, um besser zu sehen. Keine Gestalt erkennbar, nur auf- und abwabernde Autoscheinwerfer. Er rennt los, hechtet durch die Menge der Weihnachtsmarkt-Besucher, die kreischend auseinanderstiebt. Irgendeine Pranke erfasst ihn von hinten, hält ihn am Anorak fest. Cemal windet sich raus, stürzt, springt auf, rennt weiter ohne sich umzusehen, rennt den gepflasterten Weg am Ballindamm entlang, stolpert über Baumeinfassungen, reißt sich an Schlehenhecken das T-Shirt kaputt, die Haut auf ...

*

Die Alsterpromenade ist menschenleer. Marie schlägt den Kiesweg ein, bis sie die Bank findet, auf der sie mit Bastian gesessen hat, vorigen September. Auf der er sie zum ersten Mal geküsst hat, heiß und süß. So heiß und süß, wie es jetzt weh tut. Der schöne Bastian, vierundzwanzig und Assistent bei der Bahnpolizei. Alle Freundinnen haben Marie beneidet. Jetzt lästern sie: *Seine Ex, die sieht grandios aus, die modelt für Peek&Cloppenburg. Hast du das nicht gewusst, Marie? Hast du echt gedacht, der würde so eine Frau verlassen? Wegen dir?*

Marie steigt die steinerne Treppe hinauf zur Brücke, erreicht den Fußweg, folgt dem Geländer. Gegenüber glitzert der Jungfernstieg wie ein ganzer Weihnachtswald. Tausendfaches Gelächter und Geplapper rauscht herüber. Darüber ein Mond wie ein Halloween-Kürbis. Sie nimmt den Rucksack ab, schwer ist der jetzt, bleischwer. Sie holt tief Luft. Nur noch den Reißverschluss öffnen, das Handy rausholen, die drei SMS abschicken …

*20:26 Uhr MEZ. Die Überwachungskamera auf der Lombardsbrücke dokumentiert einen Raubüberfall. Begangen von einem für die Jahreszeit zu luftig gekleideten jungen Mann, der den Fußgängerweg im Lauftempo betritt und eine junge Frau anfällt, ihr ein unförmiges, nicht näher bestimmbares Behältnis aus der Hand reißt — worauf die Frau taumelt, sich am Täter festhält, der sie wiederum mit ausgebreiteten Armen auffängt. Keine drei Sekunden später fliegt das Behältnis in hohem Bogen in die Alster mit der Folge, dass eine mächtige Fontäne aus dem Wasser schießt und als Sprühregen aus Abertausenden von Glitzerpünktchen niedergeht. Zeitgleich fliegen Scharen von Friedenstauben vom Alsterufer auf, breiten ihre Flügel aus, als wollten sie die Innenstadt segnen.*

Es gibt keine Beobachtungskamera auf der Lombardsbrücke. Und gäbe es eine, dann würde sie nur den Springbrunnen zeigen, der ganzjährig die Mitte der Binnenalster ziert, würde eine Schar Nordseemöwen filmen, die dröge ums Ufer segeln. Nur Marie sieht die gigantische Fontäne und die Heerscharen von Friedenstauben. Marie, die mit ihrer Oma und ihrer Halbschwester Katarina in einer der Gondeln des Riesenrads am Jungfernstieg kreist. Marie, die die Geschichte von ihrem in letzter Sekunde verhinderten Selbstmord getagträumt hat. Nachdem sie bei Facebook erfahren hat, dass Bastian Vater wird und heiraten will. Seine Ex. Seine angebliche Ex.

Tagträumen tröstet. Marie tagträumt für ihr Leben gern. Hoch hinauf steigt die Gondel, dreht sich gemächlich zum hell beleuchteten Rathausturm. Marie schickt der schwarzgrauen Silhouette der Lombardsbrücke ein Abschiedslächeln, nimmt die kleine Katarina in den Arm und summt ihr leise, ganz leise ein Weihnachtslied ins Ohr: „Maria durch ein' Dornwald ging ..."

*21:00 Uhr MEZ, Bahnpolizei Hamburg. Nach einer weitgehend ereignislosen Schicht packt der diensthabende Assistent Sebastian Wagner seine Sachen zusammen, um nach Hause zu gehen, als sein Privathandy den Eingang*

*einer SMS meldet. Einer SMS von Marie: „Sorry Bastian,*
*wir müssen uns trennen. Hab jemanden kennengelernt. Er*
*heißt Cemal."*

+++

„Bomben zu Fontänen" ist erstmals erschienen in „Zügig ins
Jenseits – Mörderische Geschichten für Bahnfahrer", Grafit
Verlag. 2013.

# DAS HURENKIND

Billerbeck, 1841

Siebenundzwanzig! Sage und schreibe siebenundzwanzig seiner Schäfchen waren zum Gottesdienst erschienen. Pfarrer Anton Hesselmann schloss kopfschüttelnd die rückseitige Pforte der Johanniskirche ab. Wie sie voller Misstrauen unter ihren Hüten und Kopftüchern hervorgelugt hatten! Wie sie sorgsam Abstand zueinander gehalten hatten! In Billerbeck ging seit Monaten das schwarze Nervenfieber um und die Angst davor grassierte noch ärger als die Krankheit selbst.

Dabei predigte er immerzu von Mut und Zuversicht. Vor allem von der Nächstenliebe predigte er, was ein Wink mit dem sprichwörtlichen Zaunpfahl sein sollte. Denn mancher mochte nicht einmal mehr seine Verwandten geschweige denn seine Nachbarn pflegen. Vorige Woche hatte jemand einen halbtoten Mann kurzerhand in einen Sack gesteckt und vor der Kirchentür abgelegt.

Anton Hesselmann fröstelte es. Er eilte über den Hof zum Pfarrhaus, warf den Talar über den Haken, zog seinen Alltagsrock über und holte Kohlen aus dem Schuppen.

Es war ein kühler und feuchter Juni in diesem Jahr, 1841. Schafskälte sagten die westfälischen Bauern und blieben gelassen, denn das Korn auf den Feldern gedieh leidlich. In Billerbeck aber glaubten die Menschen, das Wetter käme vom Teufel. So wie das Nervenfieber, das wohl auch wegen der Kühle weiter um sich griff, statt sich wie sonst jede winterliche Seuche im Frühlingswind aufzulösen. Sogar die Ärzte am Ort hatten sich hinterm Ofen verschanzt, gaben vor, sich selbst nicht recht wohl zu fühlen. Pfarrer Hesselmann war der Einzige, der die Kranken besuchte, ihnen Arznei reichte, den Schweiß von der Stirn wusch, mit ihnen betete. An manchen Tagen ging die Arbeit über seine Kräfte.

Doch von heute an würde er Unterstützung bekommen. Die kleine Luise, eine kaum sechzehnjährige Waise aus Coesfeld, hatte eingewilligt ihm zu helfen. Billerbeck war ihre Heimatstadt. Gott schien ein Einsehen zu haben.

Pfarrer Hesselmann warf den Ofen in der Stube an, holte Brot, Schmalz und Most aus der Speisekammer, richtete Stühle und Kissen gerade. Luise sollte sich willkommen fühlen.


„Steig ab! Musst den Rest zu Fuß gehen." Der Kutscher hielt sein Gefährt noch vor dem Ölmühlentor an.

Luise ahnte warum. Sie kniff die Lippen zusammen und stieg vom Wagen, watete über das von Schlamm verschmutzte Pflaster zum Grasstreifen am Wegrand.

„Was musst auch in eine Stadt, wo Aussatz ist! Willst dein junges Leben wegwerfen?", rief der Kutscher ihr nach.

„Das Nervenfieber ist kein Aussatz." Luise versuchte ebenso milde zu lächeln wie Pfarrer Hesselmann und ebenso klug zu antworten. „Es ist so ansteckend nicht, wenn man weiß, wie damit umzugehen ist. Und nur diejenigen sterben daran, die falsch gepflegt werden."

„Was du nicht sagst!"

*Und nur so es Gottes Wille ist*, wollte Luise ergänzen. Doch der Kutscher hörte nicht mehr hin, ließ den Gaul wenden und fuhr davon.

Der Himmel begann, sich mit dunklen Wolken zu beziehen, die Mittagssonne fiel in grellen Flecken auf Luises Weg. Sie trat durchs Stadttor und folgte der Mühlenstraße in Richtung Kirchplatz. Nichts schien sich verändert zu haben: das Fachwerkhaus rechts, aus dessen bröselndem Mörtel der Mauerpfeffer wuchs, das Backsteinhaus links, unter dessen First Schwalbennester klebten. Nur, dass heute kein Mensch auf der Straße war.

Oder doch? Trat da nicht wie früher das hagere Weib aus dem Hoftor, kippte einen Eimer Schmutzwasser in die Gosse und keifte: „Was glotzt du so, du Bankert?" Rotteten sich nicht wieder die Buben zusammen, liefen hinter Luise her und johlten: „Balg, Balg, Wechselbalg?" Ein altbekanntes Unbehagen schnürte ihr die Brust ein, kroch ihr die Kehle herauf. Sie zog ihr Schultertuch fester und rannte davon, rannte, bis sie das Pfarrhaus erreichte.


„Ich danke dir herzlich, dass du gekommen bist. Sicher hast du Hunger." Pfarrer Anton Hesselmann schüttelte dem Mädchen die Hand. Ängstlich und verwirrt erschien es ihm heute, doch es aß und trank gierig, was er vorbereitet hatte. Er griff nach einem in braune Pappe eingebundenen Büchlein, das er kürzlich erworben hatte, und las ausführlich daraus vor. „Ein Professor namens Johann Jörg aus Leipzig hat es geschrieben", erklärte er. „Er hat viel über das schwarze Nervenfieber in Erfahrung gebracht."

Dann ließ er Luise aufsagen, was bei Fieber zu tun ist: Dem Kranken Wasser reichen, weil viele nicht am Fieber selbst schwächeln, sondern durch die Austrocknung ... Beruhigend auf den Kranken einsprechen, damit er Mut gewinnt ... Den Schweiß mit Essigwasser abwaschen ... Tücher mit Essig tränken und um die Füße wickeln ... Er freute sich, sie hatte sich alles gemerkt.

„Du bist nicht nur fromm, sondern auch gelehrig, Luise. Mach es dir zur Lebensaufgabe, dich um kranke Menschen zu kümmern! So kannst du ein Werkzeug Gottes werden. Nicht viel anders als ein Geistlicher." Sie nickte, ihre Augen glänzten.

„Wenn du magst, kannst du schon heute beginnen. Die Witwe des Amtmanns Heck in der Lange Straße braucht dringend Hilfe, sie hat keine Angehörigen. Sie war Lehrerin an der Mädchenschule, sicher hast du sie gekannt."

„Die Lehrerin?" Das Mädchen senkte den Blick, zögerte, nahm das Köfferchen mit den Arzneien entgegen und ging.

Er sah Luise lächelnd nach. Sie war recht ernst für ihr Alter und wenig lieblich mit dem schmalen Mund und den flächigen Wangen. Doch sie war voller Eifer. Er hatte dafür gesorgt, dass sie nach dem Tod der Großeltern ins Waisenhaus nach Coesfeld kam, wo niemand von ihrer Mutter wusste. Sehr bald würde er einen Platz im Benediktinerinnenkloster für sie schaffen.

Die Witwe Heck! Luise war wie benommen von der Wucht, mit der die Erinnerung sie anfiel. Fünfjährig und schüchtern sah sie sich in der Türfüllung zum Schulraum warten, sah die gelben Augen und den feisten Zeigefinger auf sich gerichtet, hörte die blecherne Stimme durch den Saal hallen: „Wir haben von nun an ein Hurenkind unter uns. Betet für seine Mutter, die sich selbst gerichtet und im Weiher ertränkt hat!" Dann hatte der Zeigefinger auf die letzte Bank gewiesen, wo Luise sitzen musste. Allein. Zwei Schuljahre lang.

Die Tür zum Haus mit der Nummer 20 war unverschlossen, quietschte beim Eintreten. Der Geruch von Schweiß, Urin und Kot wies Luise den Weg durch den Flur, an dessen Rändern sich Staub und Ruß angesammelt hatten. In der Schlafstube, auf einer Bettstatt ausgestreckt und in Decken gehüllt, lag eine Gestalt, deren Kopf ein dickes Paradekissen stützte.

„Wer da?", keuchte die Gestalt.

Luises Herz klopfte wie toll. Wortlos trat sie ein, betrachtete die alten Möbel, die fadenscheinige Bettwäsche, erkannte das verhasste Gesicht, das mit den Jahren vollends zur Fratze geraten war. Die gelben Augen blickten trübe aus dunklen Höhlen, der verhärmte Mund war von Falten umrahmt, ergrautes Haar klebte an Stirn und Schläfen.

Luise wandte sich ab, öffnete die Fenster, leerte den Notdurfteimer, lief hin und her wie ein Weberschiffchen, suchte zusammen, was nötig war: Wasser vom Brunnen, Essig aus der Küche, ein paar Tücher … Sie ordnete alles auf dem Waschtisch.

Die Fratze sah ihr zu. „W-wer bist du?"

„Ich bin … ich bin die Luise."

„Wer?"

Luise brachte kein weiteres Wort heraus. Nur die Hände taten, was sie sollten, öffneten das Köfferchen, griffen das Fläschchen mit der Kräutertinktur, den Dosierlöffel.

„Ja, jetzt sehe ich es … du b-bist …", röchelte die Fratze und fuhr aus dem Bett hoch. Luise erschrak, das Fläschchen kippte und lief aus, der Dosierlöffel fiel zu Boden.

*… bist die Luise … das Hurenkind … die Teufelsbrut … das Balg, das besser nie geboren wär'* … Die Lehrerin war erstarrt, blieb stumm. Doch die verhasste Stimme hallte in Luises Kopf: *Hurenkind … Teufelsbrut …* Sie hielt sich die Ohren zu, die Stimme gellte weiter. Eine unbändige Wut kroch Luise aus dem Herzen, kroch in die Arme, die Hände. Sie ergriff das Paradekissen, drückte es gegen die erschrockene Fratze, drückte die Fratze zurück aufs Bett, drückte mit beiden Händen … fester … fester … bis das Zappeln aufhörte.

Zögernd hob sie das Kissen an. Die Lehrerin Heck lag reglos da, den faltigen Mund weit offen.

Das Gellen in Luises Kopf war verstummt. Sie zitterte, fasste sich, schob das Kissen zurück unter den Kopf der Lehrerin. Und ging.

Wind war aufgekommen, wehte kleine Zweige durch die Lange Straße. Luise sah auf zum grauen sternenlosen Abendhimmel. Sie hatte der Lehrerin eine Arznei geben wollen. Hatte helfen, nicht töten wollen. Und hatte doch getötet. Warum? Weil sie nun ein Werkzeug Gottes war? Weil Gott es so wollte? Werkzeug – was für ein Wort! Luise hörte Hämmer bollern, Hobel und Sägen ratschen, sah Feuerzangen glühen.

Pfarrer Hesselmann hatte sich schon schlafen gelegt. Auf dem Tisch fand Luise Brot, Käse, Milch und einen Zettel. Darauf stand, dass er den Nachmittag im Armenhaus verbracht hatte und erschöpft sei. Das Büchlein mit dem braunen Einband lag auf der Anrichte. Sie nahm es auf und las: „Das Nervenfieber im Jahre 1813 und eine zweckmäßige Behandlung desselben". Nicht nur, wie Kranke gepflegt werden sollten, stand darin, sondern auch, was unbedingt zu unterlassen ist: Senfpflaster, geistige Getränke, kalte Güsse und vieles mehr. Luise las die halbe Nacht.

An den folgenden Tagen zog Luise von Haus zu Haus. Doch nicht nach dem Plan, den Pfarrer Hesselmann für sie aufgezeichnet hatte. Vielmehr ging sie die Wege, die die eigenen Füße ihr wiesen, klopfte an, wo es ihr in den Sinn kam. Luise, das Hurenkind? – Nein, niemand erkannte sie oder wollte sie erkennen. Wo immer sie eintrat, zeigte man sich erleichtert und froh, führte sie zu den Kranken, die aus Angst vor Ansteckung in Ställen, in Kellern, auf Dachböden untergebracht waren.

„Dich schickt der Herrgott", begrüßte man sie.

„So ist es", antwortete Luise.

Sie fand viele ihrer früheren Peiniger auf dem Krankenlager: Die Schneidersfrau, die stets die

Straßenseite gewechselt hatte, wenn sie auf Luise traf. Den Bäcker, der sie warten ließ, bis alles Brot ausverkauft war. Den jungen Schmied, der sie einmal eingefangen und an einen Baum gebunden hatte, um sich mit anderen Kerlen im Zielspucken zu üben. Eines der Weiber, die lachend zugesehen hatten. Luise ließ sich Senfpulver, Branntwein und kaltes Wasser bringen.

Das Nervenfieber in Billerbeck flammte erneut auf in diesem Juni, forderte täglich mehr Tote.


Die Stube war kalt, der Ofen ausgegangen. Pfarrer Hesselmann lag schlafend auf dem Kanapee. Luise sank müde auf einen der Polsterstühle, fühlte eine ungewohnte Übelkeit aufsteigen. Am Boden lag das Büchlein vom Leipziger Professor, zerfleddert und zerrissen. Daneben ein zerbrochenes Tinkturfläschlein. Pfarrer Hesselmann musste der Jähzorn gepackt haben. Die Öllampe brannte noch, ihr Licht schillerte auf seiner schweißnassen Stirn.

Luise stand auf, trat näher, entblößte vorsichtig seine Brust, entdeckte die winzigen dunklen Flecken und wollte es nicht glauben. „Pfarrer Hesselmann, wacht auf!" Sie fasste ihn bei den Schultern und schüttelte ihn.

Er blinzelte, verzog gequält den Mund.

Sie streichelte seine Wangen, bis er die Augen öffnete.

„Luise, du gutes Kind. Da bist du ja", sagte er matt und fiel zurück in den Schlaf.

Gutes Kind? – Noch nie im Leben hatte

jemand Luise ein gutes Kind genannt. Auch die Großeltern nicht, denen sie stets nur eine „Last" gewesen war, ein „Klotz am Bein", ein „Schicksalsschlag". Wenn es hoch kam, nannten die Nonnen in Coesfeld sie brav oder fleißig. - Gutes Kind? Ja, das hatte er gesagt. Luise wurde heiß. Feuerheiß. Vor Glück? Dann schwindelig, ganz schwindelig. Vor Verwirrung?

Sie warf sich auf die Knie, faltete die Hände und weinte. „Lieber, lieber Gott, lass ihn am Leben!"

Sie sammelte sich wieder, fasste Mut. Sie würde ihn retten, den einzigen Menschen, der immer freundlich zu ihr war. Sie wusste, was sie zu tun hatte: Fenster öffnen, Essig holen, Tücher holen, die Tinktur reichen. Gleich würde sie aufstehen und alles, alles richtig machen. Sie würde nur ein klein wenig ruhen, damit diese Übelkeit nachließ und sie erholt ans Werk gehen konnte, als gutes Werkzeug Gottes.

Ja, nur ein klein wenig ruhen …

+++

Zum historischen Hintergrund: Anton Hesselmann, katholischer Pfarrer in Billerbeck, ist eine reale Figur. Er starb am 24. Juni 1841 am sogenannten schwarzen Nervenfieber (modern: Typhus), nachdem er lt. Überlieferung als nahezu einziger am Ort die Kranken pflegen mochte (vgl. Heinrich Brockmann: "Geschichtliche Mittheilungen ueber die Stadt Billerbeck", 1883). Die Seuche war 1840 in der Stadt ausgebrochen und flammte bis 1842 immer wieder auf. Das Frühjahr und der Frühsommer 1841 brachten besonders viele Sterbefälle (siehe: Stadtarchiv Billerbeck (StAB), Best. C, Nr. 155). Das Büchlein mit dem Titel „Das Nervenfieber im Jahre

1813 und eine zweckmäßige Behandlung desselben für Privat- und Militärärzte" von Professor Johann Jörg aus Leipzig ist ebenfalls real. Auch verfügte Coesfeld tatsächlich über ein Waisenhaus. Weitere Figuren, Ereignisse und Zusammenhänge sind frei erfunden.

+++

„Das Hurenkind" erhielt den Quo-Vadis-Kurzgeschichtenpreis 2013.

Die Geschichte ist erstmals erschienen in „Engel, Hexen, Wiedertäufer – Historische Geschichten aus dem Münsterland", Hrsg.: Evelyn Barenbrügge, Waxmann-Verlag, 2013.

# GAUNER UND GEISTER

Amrum, Sommer 1869

Wenn er *Amerika* sagt, dieser Oluf, dieser Maulheld, dann zieht er das *M* ganz lang. Das klingt, als ob's eine warme fette Suppe wäre, die man sich nur einlöffeln müsste, um satt und glücklich zu sein. *Ammmerika* – Mund auf, kosten, schlucken, ah!

Aber Amerika ist so rau und groß und weit weg. Niemand kann wissen, was ihn da wirklich erwartet, denkt Grete. Und sagt es auch. Laut ruft sie es durch den Wirtshaussaal, wo halb Amrum versammelt ist, um zu hören, was Oluf von Amerika erzählt.

Und was antwortet ihr der dreiste Kerl? Nix. Feixt nur und sagt, dass die Witwe Grete ja ein lieber Mensch wär, aber schon alt und ein bisschen wirr im Kopf. Dazu lässt er seinen Zeigefinger vor der Stirn kreisen.

Vielstimmiges Gelächter dröhnt in Gretes Ohren. Und Marret, ihre Tochter, schlägt die Augen nieder und duckt sich hinter die Schulter von Andres, diesem Taugenichts, den sie geheiratet hat.

Ja, Grete weiß, was ihr nachgesagt wird. Dass sie nämlich am Abend nicht mehr wüsste, was sie am Morgen getan hat. Weil es vorgekommen ist, dass sie angab, Waschtag zu haben, dabei flatterten die Kleider und Tücher längst trocken im Wind. Oder, dass sie jammerte, die Schnecken hätten ihr das Weißkohlbeet kahlgefressen, dabei duftete das gärende Sauerkraut bis raus auf die Gasse.

Arg vergesslich sei sie geworden, so erzählen sich die Leute. Aber Grete weiß es besser. Weiß, dass es die Onerbäänkis, die Unterirdischen sind, die ihr immerzu helfen. Weil Grete den kleinen Geisterwesen, die unter Amrums alten Grabhügeln wohnen, an jedem Sonntag ein Ei oder ein Stück Speck opfert, erfüllen sie ihr manchmal einen Wunsch, noch bevor sie den ausgesprochen hat. Oder sie nehmen ihr eine schwere Arbeit ab. Leider sagen sie nie vorher Bescheid.

Ha, nein, wirr im Kopf ist Grete gewiss nicht, und niemand kann ihr ein X für ein U vormachen. Dazu hat sie zu viel erlebt, weiß genau, woran man einen Lügner erkennt. Und Oluf, das ist ein Lügner. Ein Schieber und Schlepper. Verdingt sich in den Häfen von Hamburg und Cuxhaven, von wo er all seine Weisheit hat. Ein Aufschneider war der schon als Kind. Nie im Leben war der in Amerika!

Da, wie der seine lange Nase reibt, wenn er verkündet, dort würden viele Millionen Hektar fruchtbarstes Land brach herumliegen. Wie der sich mit seiner Schiffsladerpranke übers samtene Wams streicht, wenn er erzählt, vor den Indianern brauche man sich nicht mehr zu fürchten. Die wären so gut wie ausgerottet.

In *Ammmerika*, behauptet Oluf, da würden die Goldnuggets nur so zwischen Flusskieseln herumkullern. Und er schickt Knudt, den armen Teufel, mit einem weizenkorngroßen Bröckchen durch die Reihen, damit alle es bestaunen sollen. Unter tausend Flusskieseln wär mindestens ein solches Goldnugget, behauptet Oluf. Das wären mehr als es vierblättrige Kleeblätter im Klee gäbe. Er hätte dieses kleine und von Schmutz durchzogene Nugget nur ausgesucht, weil es wenig wert wäre. Sonst müsse er ja fürchten, dass Knudt, der Schlawiner, es einsackt und damit abhaut.

Niemand lacht. Weil das ein schlechter Scherz ist. Jeder weiß, dass Knudt kein Schlawiner ist, sondern ein verwaister Döskopp, der seit dem Tod seiner Großeltern allein und bettelarm ist. Und Oluf folgt wie ein hungriger Hund.

Wie Oluf, so denkt Grete, treten sonst nur die Schauspieler und Gaukler auf, die manchmal vom Festland rüberwehen. Und doch hängen viele Amrumer an seinen Lippen, als er von einem Frachtschiff namens *Freya* erzählt, das in vier Wochen in Cuxhaven ausläuft und für billig Passagiere mit aufnimmt. Der rückenkranke Harck, der nicht mehr zur See kann, mit seinen vier Töchtern, auch Willem und Kerrin, die ganz ohne Nachkommen sind ... und all die anderen Hungerleider, sie recken die Hälse, als Oluf sagt, dass, wer mitreisen wolle, sich nur bei ihm melden müsse. Er würde sich drum kümmern – in eigener Person.

Schon umringen sie ihn wie einen Heiland, auch Clemens ... Sönke ... Volkert ... Hinter denen sind die Preußen her, um sie von ihren Familien zu trennen und bei schmalem Sold zum Militär zu holen. Das gilt wohl auch für Andres, den Taugenichts, den Marret geheiratet hat. – Was springt der jetzt auf? Was geht der, zusammen mit Marret, mit Gretes Marret, zu Oluf hin?

Langsam, ganz langsam, dreht Marret sich um, als hätte Grete sie wie früher beim Naschen ertappt, schickt ihrer Mutter ein trotziges Lächeln über die Schulter weg. Und fasst die Hand von Andres und drückt sie.

Nein, das glaubt Grete jetzt nicht. Glaubt es einfach nicht. Stumm verlässt sie den Saal, geht nach Hause und schüttelt den Wahn ab.

\*

„Wir machen rüber. Rüber für immer. Ne, Oluf?" Knudt wälzt sich im Kniepsand vor lauter Vorfreude.

„Klar doch", sagt Oluf, hockt sich auf eine gestrandete Holzkiste und steckt seine Pfeife an. „Und zwar übermorgen."

„Übermorgen?"

„Genau. Nicht erst in ein paar Wochen wie die anderen. Nur noch zweimal schlafen."

„Und dann suchen wir Gold, ne, Oluf?"

„Brauchen wir nicht. In New York liegt das Gold auf der Straße, mein Junge", sagt Oluf und grinst den Rauchwölkchen nach, die aus seiner Pfeife aufsteigen. Fast windstill ist es heute. Das Meer liegt da wie ein See.

„Nuujorrk", wiederholt Knudt und horcht dem Klang nach. Er weiß Bescheid. In der großen Stadt wollen sie ihr Glück finden. Zusammen. Weil sie jetzt wie Vater und Sohn sind. Auch wenn Oluf nie einen Sohn hatte und Knudt nie einen Vater. Ist egal, drüben will das sowieso keiner wissen.

„Nur das Geld für deine Überfahrt, das musst du dir noch verdienen, mein Junge."

„Geld?" Knudt erschrickt, sinkt traurig in sich zusammen. Geld hat er keins.

„Geeeld?" Oluf äfft ihn nach, lacht ihn aus und reibt sich die Hände, weil er wie immer einen guten Einfall hat. „Kannst du schweigen, Knudt?"

Natürlich kann Knudt schweigen. Zumal ihn kaum jemand was fragt.

Da erzählt ihm Oluf eine Geschichte von einer Wasserleiche, einer ganz frischen. Die hat er gestern bei der Überfahrt vom Festland gefunden. Ein *Scheißkerl* müsse das gewesen sein – mit seinem fadenscheinigen Wams, seinem wirrem langen Haar und seinem Stoppelbart. Ein Tagedieb, ein Säufer! Der wär bestimmt irgendwo besoffen über Bord gegangen. „Besoffen ersoffen", sagt Oluf.

Knudt findet das witzig und schlägt sich auf die Schenkel.

„Komm mit, ich zeig ihn dir." Oluf krempelt sich die Hosenbeine hoch und watet durch den Priel zu seinem Boot. Knudt folgt ihm zögerlich, er hasst Leichen.

Oluf guckt sich nochmal um, vergewissert sich, dass keiner kommt. Dann zieht er was aus dem Wasser, was Großes, in eine Wachsplane Gehülltes, an Kordeln Hängendes, mit Kordeln Umwickeltes … Die Leiche ist so schwer, dass sie beide anfassen müssen, um sie ins Boot zu ziehen und auszupacken.

Da, endlich flatscht der Scheißkerl aus der Plane auf die Bohlen, hat ein dickes graues Gesicht und milchig trübe Augen, die aus den Höhlen treten. Das Boot schaukelt unruhig, Lachmöwen kreisen drüber weg und kreischen. Knudt hat noch nie eine Wasserleiche gesehen. Ihm wird kotzübel, er schnappt nach Luft, dreht sich weg.

„Guck genau hin, mein Junge", sagt Oluf und reibt sich wieder die Hände. Dann verrät er Knudt seinen guten Einfall: Der Scheißkerl ist nämlich so groß wie Oluf, so schwer wie Oluf, und hat eine lange Nase wie Oluf eine hat. Knudt muss helfen, den Scheißkerl zu rasieren, ihm die Haare zu stutzen, Olufs Wams überzuziehen, Olufs Lederband mit dem kleinen silbernen Steuerrad um den Hals zu hängen ... Dann werden sie morgen früh den Scheißkerl an den Strand legen. Mit dem Gesicht nach oben, damit die Möwen sich drüber hermachen. Und wenn am Mittag hohe Flut ist und noch niemand die Leiche gefunden hat, soll Knudt nach Nebel und ins Süddorf rennen und schreien und greinen und so tun, als ob Oluf tot wäre. Dafür schenkt der ihm seinen Fahrschein. „Den hier." Er zieht einen gefalteten Papierbogen mit einem blauen Stempel aus seiner Tasche. „Siehst du, damit kommst du nach New York."

„Ich mach alles, Oluf, alles." Knudt zappelt vor Aufregung.

„Gut, dann sag mir nochmal genau, was du tun sollst."

Knudt wiederholt den ganzen Plan, ohne zu stocken. Nur als er zu der Stelle kommt, wo er sagen soll, Oluf wäre tot, wird ihm mit einem Mal mulmig. „Aber warum soll ich das machen?"

„Wenn mich alle für tot halten, vermisst mich keiner. In Wahrheit bin ich schon in Cuxhaven, geh heimlich an Bord. Heimlich, kapierst du? So brauch ich keinen Fahrschein."

„Den Fahrschein hab ja ich."

„Genau! Du bist ja gar nicht so dösig, wie alle glauben. Klug bist du. Während der Überfahrt bringst du mir ab und zu was zu essen in mein Versteck. Auch heimlich. Klar? Dann wird alles gut."

Knudt weiß nicht so recht, kriegt es mit der Angst. „Was, wenn die was merken?"

„Die merken nix. Vertrau mir, mein Junge", sagt Oluf, rückt dicht an Knudt ran, legt den Arm um ihn und schaut ihm in die Augen. Oluf hat haselnussbraune Augen. Und immerzu sagt er *mein Junge.*

Knudt ist glücklich, legt den Kopf in den Nacken und betrachtet die Schäfchenwolken, die von Amrums Graudünenhügeln über den Strand aufs Meer hinaus ziehen. Als wollten sie auch nach Amerika. „Gut", flüstert er.

Da haut ihm Oluf auf die Schulter. „Und wenn die anderen Amrumer in New York ankommen, sind wir schon da und überraschen sie. Das wird ein Spaß!"

\*

Die Spatzen pfeifen es von allen Dächern, dass Oluf achtzehn Amrumer nach Amerika schleusen will. Den alten Harck mit seinen Töchtern, auch Willem und Kerrin … Sönke … sogar Volkert mit seiner

Frau, seinen Kindern ... und, ja, auch Andres und Marret. - *Wieso weißt du nix davon, Grete?*

Zwanzig preußische Taler Anzahlung, so erzählen sich die Spatzen, hat Oluf für jeden Fahrschein genommen. Dann würde der Reeder in Cuxhaven die Plätze freihalten. Den Rest von nochmal zwanzig Talern, hat Oluf versprochen, könnten die Männer und Frauen später abarbeiten. An den Häfen der Ostküste, in New York und in Boston, würden immerzu Helfer gebraucht. - *Du warst doch dabei, Grete. Warst doch selbst im Wirtshaus, als Oluf neulich* ... Die Spatzen kichern.

„Ach was! Nie war ich dort. Wozu auch?", schimpft Grete und geht davon. Als ob sie nach Amerika wollte, als ob sie kein gutes Auskommen hätte, das Haus, die Äcker, die Kühe ... All das erbt Marret doch. Warum gibt da Andres, der Taugenichts, einem Schlepper wie Oluf sein letztes bisschen Geld?

Wie auch immer, Marret muss auf Amrum bleiben. Grete ist entschlossen, dafür zu sorgen. Und hat auch gleich einen Plan. Sie geht in ihren Garten und pflückt die Pflaumen vom Baum, steigt hoch auf die Leiter und hält dabei Ausschau, weil Oluf hier vorbeikommen muss, wenn er zu seiner Kammer im Wirtshaus will. Grete will ihn abpassen, will ihm noch mehr Geld anbieten, das Doppelte von der Anzahlung, wenn er Marret sagt, dass das Schiff schon voll wäre und sie zu Hause bleiben müsste. Wenn das viele Geld Oluf nicht reicht, will Grete sich selbst anbieten. Denn Oluf ist alt, fast so alt wie Grete und kein schöner Mann mit seiner langen

Nase. Der wird froh sein, wenn es eine umsonst mit ihm treibt, glaubt sie. Aber es kommt anders.

„Ei, Oluf", ruft sie, als sie sieht, wie er den Weg heraufhastet, „hilfst du mir, den Korb mit den Pflaumen ins Haus zu tragen? Ich hab das Reißen im Rücken."

Oluf mag ein Gauner sein, aber er weiß, dass es sich gehört, einer schwachen Witwe zu helfen. Gleich tritt er durch die rückseitige Pforte in den Garten, nähert sich dem Pflaumenbaum, greift nach dem Korb …

Grete bleibt auf der Leiter stehen und gönnt ihm einen Blick unter ihre Röcke. Dann steigt sie ab, tritt vor ihn, sagt, was sie zu sagen hat.

Er stutzt, lacht. Was soll er? Marret täuschen? Das Doppelte? Ist nicht genug. Außerdem hat er's eilig.

„Und für ein Stündchen im Stall?", flüstert Grete und lockert ihr Brusttuch. In die Falte zwischen ihren Brüsten hat sie eine Pflaume gesteckt. Die glänzt jetzt rotblau im Morgensonnenlicht.

Als Oluf zögert, nimmt sie die Pflaume zwischen Daumen und Zeigefinger, steckt sie ihm in den sprachlos offenen Mund.

Er kaut bei gerunzelter Stirn, spuckt den Kern aus und lässt den Korb fallen. „Hure!" Er wendet sich kopfschüttelnd ab.

*Hure?* Hat er *Hure* gesagt? - Grete packt der Zorn, sie greift nach dem Spaten, der an der Hauswand hängt, rennt Oluf hinterher, haut ihm auf den Hintern, haut ihm aufs Gemächt, dass er schreit, sich windet, keucht: „Du spinnst ja, du altes Weib!" Er rappelt sich wieder, reibt sich die Hände an der Hose ab als seien sie schmutzig geworden.

„Meine Marret bleibt hier", kreischt Grete, haut wieder mit dem Spaten zu, diesmal auf den Kopf von Oluf … fest haut sie drauf vor lauter Wut, so fest, dass der Kerl auf die Erde sinkt und reglos liegen bleibt. Blut sickert ihm aus dem Mund, der Nase, dem Ohr, färbt das Gras braun.

Entsetzt weicht Grete zurück. Will davonrennen, will Hilfe holen, da stolpert sie über die Einfassung vom Hochbeet, das Andres ihr für den Winterspinat hat anlegen sollen. Hat die Arbeit aber abgebrochen, der Taugenichts, und jetzt ist dort, wo das Hochbeet hingehört, eine Kuhle in der feuchten Erde. Grete rutscht aus, fällt rein … ein stechender Schmerz im Fuß. Nicht mal aufrichten kann sie sich.

Niemand ist da, niemand kommt. Und Oluf, der rührt sich nicht.

Dicke Wolken kommen auf, decken die Sonne zu. Als der Schmerz in Gretes Fuß nachlässt und der Schrecken in ihrem Herzen auch, weiß sie, was sie tun muss. Der Spaten liegt ja schon da.

\*

Die Luft ist warm und duftet nach Salz. Knuth hockt in seiner Hütte zwischen den Weißdünen und sieht, wie sich drunten am Strand die Möwen über die Leiche vom Scheißkerl hermachen. *Geschieht ihm recht, war nämlich ein Tagedieb … ein ganz mieser*

*Tagedieb* … Knuth wendet den Blick zum Meer hinaus. Die Wellenkuppen schimmern in der Sonne. Gleich hinter dem Meer gibt es eine Stadt mit Namen Nuujorrk. Da liegt das Gold auf der Straße rum. Wie muss das erst schimmern und glitzern!

Als die Gischt die vom Wind angetrocknete Leiche frisch eingenässt hat, ist es soweit. Endlich. Knudt springt auf und rennt los, erst nach Nebel, dann weiter ins Süddorf, schreit wie toll, Oluf wäre ertrunken, Oluf wäre tot. Es dauert nicht lange, da kommen die Amrumer gelaufen, trotz des einsetzenden Nieselregens, Junge, Alte, Frauen, Männer, am schnellsten sind die, die Oluf ihr Geld gegeben haben. Sie umringen die unförmige Gestalt mit der grauen zerpickten Haut, schlagen sich die Hände vors Gesicht, drehen sich weg und schauen doch wieder hin. Frauen bergen die Köpfe ihrer Kinder unter ihren Schürzen. *Ist das wirklich Oluf? - Ja, er muss es sein, guckt doch, das Samtwams! Guckt doch, das Lederbändchen mit dem silbernen Steuerrad. - Wieso ist der ertrunken? Vielleicht war es das Herz. Oder der Branntwein.*

Branntwein? Da fällt Knudt was ein. „Besoffen ersoffen", ruft er. Und wundert sich, dass niemand lacht.

\*

St. Clemens läutet zur Andacht. Links und rechts des Holzsargs postieren sich die Totengräber. Der Herr Pfarrer erzählt von der Ewigkeit, doch die Leiche muss rasch in die Erde, weil sie schon stinkt. Die

Amrumer sind beileibe nicht vollzählig, doch die, die gekommen sind, stehen mit gefalteten Händen im Halbkreis und singen *Befiehl du deine Wege* …

Grete ist ergriffen und singt besonders laut. Ihr ist, als hätte sie Oluf neulich einfangen und zur Rede stellen wollen. Ihr ist sogar, als hätte sie mit dem Spaten nach ihm geschlagen, als hätte er geblutet … Das muss sie geträumt haben. Was für ein schrecklicher Traum! Oluf ist in der Nordsee ertrunken. Und Grete ist seltsam leicht ums Herz. - Zumal ihr die Onerbäänkis, diese guten Geister, über Nacht das Hochbeet fertig geschaufelt haben, sodass sie endlich den Winterspinat aussähen kann.

*

Knudt haben sie ins Gefängnis gesteckt. Er umklammert die Gitterstäbe, hält sich an ihnen fest. Weil er die Welt nicht mehr versteht.

*Gefälscht*, sagt der preußische Gendarm, der zum Inspizieren kommt, und blickt finster aus seinen blinkenden Litzen und Knöpfen. Der Fahrschein, den Oluf Knudt geschenkt hat, wäre *gefälscht*. Die Reederei und einen Überseefrachter namens *Freya* gebe es nicht. Alle Fahrscheine, die Oluf verteilt hat, wären *gefälscht*. Nur sein eigener, den er in seiner Kammer in Cuxhaven aufbewahrt hat, der sei echt. Der hätte für ein Passagierschiff namens *Heidrun* gegolten, das inzwischen ausgelaufen sei. Aber nach Afrika. Wohin all das Geld der Amrumer ist, fragt der Gendarm. Er trägt einen Helm mit Spieß obendrauf.

Knudt flattert das Herz vor Angst. Was für Geld? Er hat keins, hatte noch nie welches.

Der Wärter mit dem Schlüsselbund ist freundlich, versucht, ihm alles zu erklären. Sagt, dass Oluf ein böser Mensch gewesen sei. Ein Gauner und Betrüger. Ein Mörder womöglich. Denn es heißt, er habe einen armen Landstreicher ohne Not erschlagen und ins Meer geworfen.

Knudt nickt. „In Olufs Grab liegt ein Scheißkerl", sagt er und bricht in Tränen aus.

Der Wärter streicht ihm übers Haar. „Genau."

Am nächsten Tag wird Knudt wegen erwiesener Unschuld freigelassen. Nicht mal einen Groschen hat man in seiner Hütte in den Dünen gefunden. Aber im Schiffsboden eines unbekannten Boots, das an der Südküste von Amrum vor Anker lag, war jede Menge bares Geld versteckt. Und eine Silberbrosche von Kerrin, eine Taschenuhr von Söhnke …

Zum Abschied bekommt Knudt ein gutes Mittagessen: Stockfisch mit Bohnen. Und als Nachtisch einen Plumpai mit Zuckerguss. Und mit so viel Pflaumenmus im Teig, dass es beim Reinbeißen tropft. Den Plumpai, so erfährt er, hat Witwe Grete für ihn abgegeben, aus Mitleid mit ihm, die gute Seele.

+++

„Gauner und Geister" ist erstmals erschienen in „Wellengang und Wattenmorde – Die mörderische Vergangenheit der Nordfriesischen Inseln", Hrsg. Regine Kölpin, Wellhöfer Verlag, 2015.

## ROSWITHA UND DIE STRAFE GOTTES

Preußische Provinz, 1756

Wie er da am Tresen hängt, der Herr Major
Stiebel! Wie seine Epauletten von den
Schultern kippen und seine rotgeschwollene
Visage über dem Suppenteller baumelt, den sie
ihm samt Löffel schon hingeräumt hat.
Roswitha schüttelt das Mitleid ab, das sie
befallen will, nimmt einen Latz aus der Truhe
und bindet ihn dem Stiebel vor den Wanst,
damit er sich nicht zusaut bei seiner vielleicht
letzten Mahlzeit.

   „Noch`n Bier, Lieber?"

   Der Stiebel rülpst schwach, äugt wie ein
Huhn auf den Rest in seinem Glas. Sie hat ihm
einen Schnaps dazu gekippt, einen Doppelten,
damit er rasch müde wird. Damit er die Suppe
auslöffelt und einschläft, bevor er nach ihr
grapschen kann. Sie sind allein in der
Gaststube.

   „Was fragste, dumms Weib", blökt er,
gähnt und klappt in sich zusammen. Der Stuhl
ächzt. „Eil dich mit der Supp." Der Atem vom
Stiebel stinkt wie Jauche. Jauche mit Bier.

   „Gleich, Lieber", sagt sie sanft, weil er
es nicht leiden kann, wenn sie ihren Stolz hat
und sich ihm verweigert. „Die Supp muss nur
noch aufkoche", versichert sie und streichelt
ihm den Schweiß von der Glatze. „Is heut
besonners gut."

Ihre Kartoffelsuppe wird ihm schmecken, das weiß sie, die schmeckt jedem. Was an dem Fleisch liegt, das sie gesalzen und gedörrt hat, um damit die Brühe anzusetzen. Der Ochse war billig, sagt sie, wenn die Leute am Ort sie fragen. Die Zigeuner hätten ihn ihr verkauft. Denn der Ochse sei alt gewesen und zu nichts mehr zu gebrauchen. Immer müsse das Salzfleisch über Stunden in der heißen Brühe liegen, damit es weich wird, erzählt sie. Dann müsse man die geriebenen Kartoffeln dazu geben und das Suppengrün, zuletzt die Petersilie. Mehr verrät sie nicht. Sie will ihr Rezept für sich behalten und Geld damit machen. Das Wirtshaus ist alles, was sie zum Leben hat.

Zu ihr kommen preußische Offiziere, hohe Herren mit Perücken und Frauen mit samtenen Kleidern. Sie essen viel und zahlen gut und rühmen ihre Suppe. Roswithas Kartoffelsuppe, so erzählen sie überall, die würde beweisen, dass ihr König Recht hätte, dass die Bauern vor allem Kartoffeln pflanzen und essen sollen, weil Kartoffeln nahrhaft seien und schmackhaft dazu.

Roswitha greift nach dem Holzlöffel und rührt in dem Eisentopf über dem Feuer, bis die braunen Fleischwürfel und die dunkelgrünen Blattstückchen in dem feinen weißen Mus umeinander wirbeln, bis Dampf aufsteigt und ein würziger Duft durch die Wirtsstube zieht. Diese Preußen wissen anscheinend nicht, dass Kartoffeln nach nichts schmecken. Dass es das Fleisch ist und der Lauch und der Sellerie, was die Suppe gut macht. Die Preußen seien eben dumm, weil sie so viele Kartoffeln essen, sagt der Pfarrer, Kartoffeln würden nämlich den Geist vernebeln.

Die Preußen sind jetzt überall. Und wo sie einen Landstrich nicht annektiert haben, da haben sie trotzdem Einfluss. Da verheiraten sie eine Schwester oder eine Cousine hin, und die halten sich dann einheimische Majore wie den Stiebel, die sich noch preußischer benehmen als die Preußen selber, die immerzu Bier trinken wollen, wo es genug Wein gibt, und Kartoffeln essen wollen, wo der beste Roggen wächst.

Dass ein jeder beten darf, wie er will, katholisch oder lutherisch oder wie die Heiden, so soll der neue Preußenkönig verfügt haben, der Friedrich II, den sie neuerdings „den Großen" nennen. Aber was das Essen angeht, da sind sie streng. Haben einen Kartoffelbefehl erlassen. Die Bauern sollen Kartoffeln anpflanzen anstatt Kohl und Rüben. Und wer sich weigert, den sperren sie ein und lassen ihn hungern. Vorigen Sommer ist einer totgeschossen worden, weil er zum Aufstand aufgerufen hat. Früher gab es für die aufmüpfigen Bauern den Scheiterhaufen oder das Schafott. Heute nehmen sie Schießgewehre. Das verstehen sie unter

Fortschritt, die Preußen. Pfui Teufel! Lisbeth spuckt in die Suppe.

„Is die Bettstatt schon hergericht?", fragt der Stiebel, verzieht sein Maul zu einem Grinsen und giert ihr mit seinen Schweinsäuglein in die Bluse.

„Ei nadürlich, Lieber." Roswitha ringt sich ein Lächeln ab, poliert den Suppenlöffel mit der Schürze blank. Der Depp begreift ja nicht einmal, wie schlapp er ist. Merkt nicht, dass er keines seiner Glieder mehr ohne Hilfe irgendwohin kriegt. Das machen die Kartoffeln, die heidnischen krummen Knollen.

Sie bekommt die Kartoffeln umsonst von den Bauern, die sie wie befohlen anpflanzen, aber nicht essen. Keiner am Ort will davon essen. So eine teuflische Wurzel! Wie kann gut sein, was giftige Blätter hat? Woraus sogar giftige Keime wachsen. Und was ganz und gar giftig wird, sobald die liebe Sonne darauf scheint. Das Gift bringt ausgewachsene Mannsbilder zum Wanken, macht, dass man am helllichten Tag die Himmelssterne sieht. Ein Fingerzeig Gottes ist das. Aber die Preußen wollen es nicht wahrhaben. Weil sie hoffärtig sind und frech, so dass sie die Strafe Gottes verdienen. Auch das hat der Pfarrer gesagt.

Sollen sie ihre giftigen Knollen doch alleweil essen, die Preußen, denkt Roswitha, und daran verrecken. Oft lässt sie für die Suppe ein paar Keime dran, was beim schnellen Schälen leicht passieren kann. Und ein bisschen von dem Grün hackt sie zusammen mit der Petersilie dazu. Das ergibt das feinbittere Aroma, das die Herren Offiziere so schätzen. Steter Tropfen, hofft Roswitha, wird die Macht der Preußen aushöhlen. Irgendwann.

Bei einem Schuft wie dem Stiebel aber, da muss es schneller gehen. Denn manchmal dauert es mit der Strafe Gottes einfach zu lang, befindet Roswitha, und zu viele Gerechte müssen leiden und sterben. Deshalb hebt sie für den Stiebel die ausgepuhlten Keime vom Vortag auf und lässt sie zusammen mit den geriebenen Knollen und dem Fleisch im Wasser stehen, zugedeckt, denn so entwickelt sich das Gift, ohne die verräterische grüne Farbe zu zeigen. Von einem fahrenden Barbier weiß sie, wie es wirkt. Die ersten Tage wird einem der Kopf rot und dumm, dann wird man zittrig und bekommt eine Art Ruhr.

Bei der Ruhr wird der Tote nicht lange beschaut, weil sie eine Seuche ist und eine Strafe Gottes. Der Sarg wird eilig verschlossen und in die Erde geschafft. So war es auch bei dem alten Wirt zugegangen, den Roswitha hatte heiraten müssen. Der traktierte sie, weil sie keine Kinder bekam, mit Schlägen. Bis er siech und blind wurde. Hernach traktierte er sie mit Worten. Im Frühjahr ist er an der Ruhr gestorben, weil er immerzu Blutwurst essen wollte, sogar am heiligen Karfreitag. Da aber war die Blutwurst unrein, was er nicht hat sehen können, weil er ja blind war.

Damals kaufte Roswitha den Zigeunern ein altes Ochsengeschirr billig ab, wickelte es ins Leichentuch und legte es in den Sarg, damit der genug Gewicht bekam und die Totengräber sich nicht wunderten. Denn das Fleisch konnte Roswitha gut gebrauchen.

Alle Art Fleisch kann man trocknen und salzen, und die Preußen essen es mitsamt ihren Kartoffeln, ohne zu fragen, woher es stammt. Inzwischen ist es in Teilen verdorben und fast zur Neige, frisches muss her. Der Major Stiebel, der sie immerzu zwingt, ihm zu Willen zu sein, der nach der Knute greift, um sie gefügig zu machen, der kommt ihr gerade recht. Nur, dass er fett ist und sie etwas Schweres braucht, was sie ins Leichentuch wickeln kann. Vielleicht, überlegt Roswitha, wird sie diesmal einen Sack Kartoffeln dafür hernehmen.

+++

„Roswitha und die Strafe Gottes" ist erstmals erschienen in „Vogtländisches Blutbad", Hrsg.: Petra Steps, Wellhöfer Verlag, 2015.

# DIE FISCHERSFRAU UND DER BUTT

Als die Tage kürzer und kühler wurden, der Wind durch die Türritze pfiff und Fietje sich weigerte, auch nur einen Fuß aus dem Bett zu setzen, beschloss Ilsebill, sich auf den Weg zu machen. Sie ersteigerte einen Kutter mit Außenbordmotor bei Ebay, zog das alte Ölzeug über und stach in See.

Nach einigen Stunden fand sie den Butt, der sich auf einem Strandwall nahe Fehmarn ein Immobilienbüro eingerichtet hatte. Vor der Tür parkte ein metallicgrauer Hummer H2.

„Herzlich willkommen", sagte der Butt und spreizte die Kiemen, „Ankauf, Verkauf, Fonds und mehr, wir garantieren satte Renditen ... " Offenbar erkannte er Ilsebill nicht gleich.

Sie legte das Ölzeug ab, richtete ihre Frisur und gab sich fröhlich. „Ich bin's, die Fischersfrau. Wollte mich mal wieder melden. Wir leben jetzt im Wagendorf, es geht uns gut."

„Wagendorf?" Der Butt stutzte.

„Ein Dutzend Wohnanhänger, die auf einem in Konkurs gegangenen Campingplatz parken. Und uns Wohnsitzlosen ein Zuhause bieten. Wir wollen nicht unter Brücken oder bei der Bahnhofsmission nächtigen, sondern ein einfaches, aber stilvolles Leben führen. Mit einem Dach über dem Kopf und Gemüse aus eigenem Anbau."

„Was ist mit dem Pisspott, den ich dem Fischer und dir damals überlassen habe?"

„Den du uns zuletzt noch gelassen hast, meinst du."

„Oder so."

„Der war sanierungsbedürftig, es regnete rein. Da haben wir einen Kredit aufgenommen, einen zu hohen Kredit. Den Schuldschein hat eine insolvente Bank an Shark-Investments verkauft."

Der Butt strich über seine perlmuttweiße Vorderseite. „Wann war das?"

„Vor zwei, drei Jahren. Die Versteigerungssumme hat gerade gereicht, um den Campinganhänger zu kaufen – gebraucht natürlich."

„Zwotausendfünfzehn, zwotausendsechzehn." Der Butt wedelte zu seinem Schreibtisch und schaltete den Laptop ein.

„Ich will mich kein bisschen beklagen", versicherte Ilsebill. „Es ist ein wunderbares Leben mitten in der Rostocker Heide, östlich der L22, wo Sanddorn wächst und Nachtigallen singen. Wir haben alte Bekannte wieder getroffen: den Hans, die Gretel, den armen Augustin ..."

„Östlich der L22, sagst du?" Er fixierte den Bildschirm und bediente die Maus.

„Die Stadtverwaltung versorgt uns mit Trinkwasser", erzählte Ilsebill, „um die sanitären Anlagen und die Gartenpflege kümmern wir uns selbst. Manche von uns haben Internet und lassen es andere mitnutzen. Wir unterstützen einander, wo wir können."

„Armut ist relativ", sagte der Butt.

Ilsebill nickte. „Fietje und ich verdienen leidlich mit Sprottenräuchern am Hafen, kommen zur Not auch mal mit Hartz 4 zurecht, seit es am Ort eine Tafel gibt."

„Kinder?"

„Drei. Aber ... seit sie zur Schule müssen ... Es gibt nämlich keine in der Nähe des Wagendorfs, nicht mal eine Bushaltestelle ... Sie sind jetzt in Pflegefamilien untergebracht." Ilsebill konnte nicht verhindern, dass ihre Stimme kippte: „Es geht ihnen gut, denke ich. Bloß Fietje, er ist darüber depressiv geworden, braucht Tabletten, teure Tabletten. Deshalb bin ich hier."

„Ihr benötigt also eine Immobilie." Der Butt räusperte sich und lockerte seinen Halskragen.

„Eine ...?" Ilsebill errötete. Nie hätte sie gewagt, nach einer Immobilie zu fragen. „Eine erschwingliche kleine Wohnung in Rostock, einigermaßen zentral, wäre natürlich unser Traum. Wir haben lange gesucht, da war nix zu machen."

Der Butt ließ eine Reihe gepflegter Haifischzähne sehen. „Ich habe was frei. Vier Zimmer, Küche, Bad. Weil ihr es seid: keine Courtage."

„Keine Court-? Aber die Miete!"

„Geht von meinem Konto ab. Und eine Anstaltspackung Antidepressiva zahle ich auch. Überlasst mir als Gegenleistung euren Wohnwagen. Ich weiß jemanden, der Verwendung dafür hat."

„Vier Zimmer?" Ilsebill fiel vor dem Butt auf die Knie, küsste ihm beide Vorderflossen.

Der wand sich. „Schon gut, schon gut."


Die neue Bleibe lag im zehnten Stock eines unsanierten Plattenbaus. Plastikmüll, Scherben und Zigarettenkippen säumten den Gehweg, im

Treppenhaus stank es nach Erbrochenem. Die Kinder maulten, weil sie nicht draußen spielen durften, bei ihren Pflegefamilien hatten sie im eigenen Garten toben können. Da packte Fietje erneut die Schwermut. Er lag auf der Couch und starrte die Stockflecken an der Decke an. Die Tabletten halfen kein bisschen.

Als die Tage wieder länger und wärmer wurden, machte sich Ilsebill erneut auf, um mit dem Butt zu verhandeln. Ihr Herz pochte vor Sorge, sie könnte undankbar erscheinen. Wieder einmal undankbar und unbescheiden, wie man ihr, einer Indiskretion der Gebrüder Grimm zufolge, seit Jahrhunderten nachsagte. In Wahrheit hatte Ilsebill doch stets nur ihr kleines, ganz persönliches Glück verfolgt, während es die ohnehin Reichen und Mächtigen waren, die, von Gier getrieben, die Welt unter sich aufteilten. Und neuerdings nicht mal mehr die Pisspötte übrig ließen. Aber nein, kein zweites Mal wollte Ilsebill Stoff für ein realitätsfernes Märchen liefern. Keinesfalls würde sie den Butt um eine bessere Behausung bitten. Nur darum, dass er ihnen den alten Campinganhänger zurückgab.

Doch der Strandwall war von der See überschwemmt, das Immobilienbüro verschwunden. Wenige Möwen umsegelten kreischend einen Briefkasten, der, an einem Holzpfosten befestigt, aus den Fluten ragte. „Shark-Investments", stand darauf, „Betteln und Hausieren zwecklos".

Traurig schipperte Ilsebill zurück, legte unterwegs beim Wagendorf an, hoffte, bei den alten

Freunden ein wenig Trost zu finden. Gretel winkte von weitem und lief ihr entgegen. „Du kommst gerade richtig. Wir feiern heute."

„Ach ja?" Wehmütig betrachtete Ilsebill die Girlanden und Luftballons in den frisch austreibenden Birken, sah zu, wie Hans den Grill anwarf. Tränen wollten ihr in die Augen treten, als Augustin zur Gitarre sang. Da fiel ihr Blick auf eine halbfertige Asphaltfläche zwischen gefällten Bäumen, wo ein metallicgrauer Hummer H2 abgestellt war. Sie besann sich. „Das Auto da, gehört das nicht …?"

„Einem ganz dreisten Butt hat's gehört", erzählte Gretel. „Der hat sich ungeladen hier breitgemacht, wollte unser Wagendorf zur alternativen Feriensiedlung für Schickimickis umwandeln. Mit eigenem Windpark, Brauchwasser-Anlage, Golfplatz und Parkhaus samt Ladestation für E-Autos." Gretel tippte sich an die Stirn. „Wir sollten Anteile kaufen und auf den Grundstückspreis wetten, um ihn hochzutreiben. Aber dem Kerl haben wir's gezeigt!"

„Seinen Hummer behalten wir und bauen ihn zum Achtsitzer aus", sagte Hans. „Damit können wir die Kinder zur Schule fahren."

„Gute Idee." Ilsebill nickte anerkennend und sah sich um. Aus den Holunderbüschen strahlte ihr der alte Campingwagen entgegen, als ob er sie vermisst hätte. Im Gras balgten sich zwei streunende Katzen um ein paar Gräten.

„Was gibt's denn zu essen bei euch?", fragte Ilsebill.

„Schollenfilets mit Kartoffelsalat", sagte Gretel. „Nimm nur."

„Danke." Ilsebill griff zu Teller und Besteck. „Und wo ist der Butt jetzt? Der kommt doch sicher wieder."

Gretel schüttelte den Kopf, grinste. „Der ist verschollen, sozusagen."

„Ver- scho-?" Verwirrt beschnupperte Ilsebill die kross gebräunten Fischfilets, die in der Grillwanne vor sich hin brutzelten. Sie rochen unauffällig.

„Plattfisch ist Plattfisch", sagte Hans.

Aus Gründen der Pietät begnügte sich Ilsebill mit einer Portion Kartoffelsalat und einer Limonade. Dann stieg sie in den Hummer und fuhr los. Sie würde Fietje und die Kinder noch am gleichen Abend nach Hause holen.

+++

„Die Fischersfrau und der Butt" ist erstmals erschienen in „Mecklenburger Schweineripper", Hrsg.: Regine Kölpin, Wellhöfer Verlag, 2016.

# BERNWARDS NACHRICHT AN DIE NACHWELT (O-TON)

Burbach am Rothaarsteig, Spätsommer 2011

„Ich würd's gern mal jemandem erzählen."

„Vergiss es, Schatz. Kaum dass du irgendwo erscheinst, laufen die Leute schreiend davon."

„Stimmt nicht. Jakob Grimm zum Beispiel ..."

„Ist lange her. Und gedruckt hat er's auch nicht."

„Weil es nicht ins Verlagskonzept gepasst hat, Liebling. Aber heutzutage gibt es mehr Möglichkeiten. Jeder Analphabet kann jetzt ein Buch drucken lassen."

„Und wie willst du's anstellen, dass dir jemand zuhört?"

„Mit diesem kleinen Ding hier. – Da staunst du, was? Das ist ein Schmaatfohn. Man tupft mit den Fingerkuppen auf die Glasscheibe, da macht es die tollsten Dinge. Schau, so ... und so ... Und hier, hinter diesem eingerollten Schlänglein, steckt eine Sprechmaschine, die auswendig wiederholt, was man ihr sagt."

„Woher hast du das?"

„Von einer Art Dichterin, die im Römer abgestiegen ist. Sie hat abends ein paar Sätze reingesprochen, ist eingeschlafen und hat das Schmaatfohn völlig achtlos auf dem Nachttisch ..."

„Bernward!"

(...)

„Ja, ich hab's gestohlen. Bring's aber zurück. Wenn ich fertig bin."

„Dann fang besser bald an."

„Genau. Das tu ich. Also, ich stelle mich zunächst einmal vor: Mein Name ist Bernward. Ritter Bernward zu Burbach und Würgendorf. Geboren wurde ich an einem kühlen Aprilmorgen im Jahre 1212 des Herrn. Die Erde rauschte wie in Träumen, über allen Gipfeln war Ruh und es schienen die alten Weiden so grau."

„Kommt mir bekannt vor."

„Habe ich von einer der Poesiemaschinen, die auf allen Wanderwegen am Burbacher Rothaarsteig herumstehen. Auf Knopfdruck hören die Wanderer romantische Gedichte. Goethe, Eichendorff und so. Erhebend, oder?"

„Ich glaub, moderne Dichtung geht anders. Plastischer. Vor allem drastischer."

„Drastischer? Na gut, ich versuch's: Als ich aus dem Schoß meiner Mutter ans Licht der Welt gezerrt wurde, wog ich dreizehn Pfund und maß anderthalb Ellen. Ob sie vor Schreck oder Entkräftung starb, ist nicht bekannt. Gesichert ist aber, dass mein Vater, ein fahrender Kesselflicker aus dem Sauerland, mich aus Wut und Verzweiflung mitsamt Nabelschnur und Käseschmiere gegen die Kirchhofmauer schleuderte, sich selbst einen Kübel Schnaps einverleibte, um auf dem Weg zu seinem Unterschlupf in die Heller zu fallen und elendiglich zu ersaufen. — Besser so?"

„Ich glaub schon."

„Also weiter: Ich habe den Aufprall dank

üppigen Moos- und Faulschimmelbewuchses der Mauer nahezu unverletzt überlebt, die wenigen Schürfwunden verheilten ohne Zutun eines Quacksalbers. Was am Ort als Wunder und Fingerzeig Gottes angesehen wurde. Erdmute Freifrau von Seelbach, eine fromme Wohltäterin des Volks, nahm sich meiner an, denn sie hatte in ihrer Kristallkugel erkannt, dass ich ein Nachfahre des Hermel bin, jener Sagengestalt also, die − ebenso stark wie gutmütig − die Menschen im bergischen Sauerland vor feindlichen Besatzern gerettet hatte und in indirekter Linie mit Wieland dem Schmied verwandt gewesen sein soll.

Erdmute von Seelbach ließ mich auf den Namen Bernward taufen. Das bedeutet so viel wie: der bärenstarke Wächter. Denn sie hoffte, dass ich ihrer Familie einmal hilfreich sein könne gegen Hessen, Hunnen und andere Barbaren.

Mein erstes Lebensjahr verbrachte ich im Kreis des Gesindes. Doch kaum dass ich laufen und erste Wörter sprechen konnte, entdeckte mich die damals fünfjährige Isolde, drittältestes Kind derer von Seelbach, als allerliebstes Spielzeug. Sie wusch mich am Pumpbrunnen, kleidete mich in bunte Tuchreste, steckte mich in eine Holzkarre und zog mich über Stock und Stein.

Isolde war eine Elfe von Gestalt. Als sie zehn Jahre zählte und ich sechs, hatte ich sie an Körpergröße schon eingeholt, an Masse übertroffen. Nun durfte ich sie über Pfützen tragen, ihr Brennnesseln und Wackersteine aus dem Weg räumen und die Läuse vom Kopf sammeln. Zum

Dank hieß sie mich die Spinnen und Käfer aufessen, die in ihre Kammer drangen. Als Isolde zur Jungfrau gedieh, war sie schön wie die Sonne. Ihr goldblondes Haar floss um ihre zarten Schultern, ihre Augen glühten wie Bernstein und ihre Wangen schimmerten rot wie reife Äpfel ..."

„So schön war Isolde nun auch wieder nicht."

„Sie war ein Biest, aber doch ganz hübsch."

„Dann sag halt: *ganz hübsch*."

„Tja, ehem, Isolde war also ganz hübsch. Und auch ich wuchs zu einem ansehnlichen Jüngling heran, stattlich und stark wie der mir namengebende Bär. Es geschah an einem Sommerabend des Jahres 1229, da rettete ich Isoldes Leben. Sie war bei einem Ausflug zum Waldrand vor einem Wolf auf einen Baum geflohen und schrie aus Leibeskräften, während der Wolf Jagd auf ein Rebhuhn machte. Auf Isoldes Befehl hin ergriff ich ihn an der Gurgel, schleuderte ihn wie einen Dreschflegel durch die Luft und ließ ihn ins Gras fallen. Da war er tot. Isolde und das Rebhuhn entkamen.

Isoldes Vater, Sieghard von Seelbach, schenkte mir zum Dank für diese edle Tat einen Apfelschimmel und einen Morgen Sumpfwiese nahe dem Ort Würgendorf. An meinem 18. Geburtstag ließ er mir eine Rüstung in Übergröße anfertigen und schlug mich zum Ritter. Von dem Tag an war für alle beschlossene Sache, dass Isolde und ich heiraten würden. Für alle außer Isolde.

Ich sei ein Monstrum, erklärte sie mir samt der im Speisesaal versammelten Familie. Angst habe sie vor mir, auch wenn ich für gewöhnlich ein gutmütiger Mensch sei. Aber ich hätte Ausmaße wie ein Rind und leider ebenso wenig Geist. Ihr grause vor dem Vollzug der Ehe mit mir. Ich würde ihren schmalen Leib in die Kissen drücken, dass sie ersticke. Mit meinem riesenhaften Schwengel würde ich ihren Schoß zerreißen, dass sie verblute. Und selbst wenn sie den ehelichen Verkehr überleben sollte, die Geburt meiner Kinder gewiss nicht. Sterben würde sie, so wie meine arme Mutter gestorben sei.

Freiherr von Seelbach strich sich über den Bart, seine Söhne Rumolt und Rüdiger starrten auf ihre Schuhspitzen, die jüngste Tochter Gisela weinte herzerschütternd. Freifrau Erdmute von Seelbach seufzte, lächelte wie zur Entschuldigung und widmete sich ihrem Stickrahmen, um ein silbernes Fädchen zu einem Sternenmuster zu fügen.

An diesem Abend empfand ich, erstmals in meinem Leben, meinen eigenen Leib als schwer, unendlich schwer. Langsam bin ich zur Türe hinaus, hoffte, dass Isolde mir folgen oder mich zurückrufen würde. Mir sagen würde, dass ich ihr dennoch ein angenehmer Mensch bin und dass sie mich schätzt. Sie hat nicht gerufen. Niemand hat gerufen. Die kleine Gisela schenkte mir anderntags ein Entenei und eine Nuss. Beide waren hohl."

„Darum musst du doch heute nicht mehr weinen, Schatz.

„Ich weine nicht, Liebes. Es ist der Rauch des Lagerfeuers, der mir in die Augen steigt."

„Isolde wollte nicht heiraten. Niemanden. Ihr grauste vor der Ehe."

„Erzählst du nun die Geschichte? Oder ich?"

„Du natürlich, Liebster!"

„Jahre gingen ins Land. Ich blieb am Hof, machte mich nützlich, indem ich die Wälder rings um Burbach rodete, die Sümpfe bei Würgendorf trockenlegte und den Holzhäuser Weiher aushob. Isolde fand Gefallen an einem Wurf wilder Kaninchen und zog sich zum Zeitvertreib einen ganzen Stall davon zahm.

Trotz Drängen ihres Vaters mochte sie nicht heiraten, weder mich noch einen anderen. Als er drohte, sie ins Kloster zu stecken, schien sie nachzugeben, verkündete, dass sie nur einen Mann ehelichen werde, der mich, den starken Bernward, im Zweikampf besiege. Doch nicht durch rohe Kraft, sondern durch Geschicklichkeit solle sich der Freier überlegen zeigen. Auf der Kuppe des Kleinen Steins, wo schroffe Brocken von Basalt einen Hang bedecken, solle ein Faustkampf über Isoldes Zukunft entscheiden. Würde ein Freier den Hang hinunterfallen, so scheide er aus. Würde ich fallen, so werde Isolde den Freier erhören."

„Klingt fast wie eine Geschichte von den Grimm-Brüdern."

„Fast. Denn statt lauter stolzer Recken meldeten sich bloß zwei verarmte Greise aus Haiger, unserem Nachbardorf."

„Mach lieber zwei junge Recken draus. Sonst winken die Verleger wieder ab."

„Es meldeten sich also zwei kühne junge Recken zum Zweikampf. Auf Geheiß Isoldes wurde ihnen zur Kräftigung ein feines Mahl mit Fleisch vom Frischling und ein besonderer Saft aus Holunderbeeren gereicht. Sodann zog die Familie von Seelbach nebst viel Volk, Fahnen und Fanfaren zum Kleinen Stein, einem Schotterabhang, wo ich beizeiten zu warten hatte, von der kleinen Gisela mit einer Schale Dinkelgrütze und einem Sud aus Minze versorgt.

Die beiden Freier zeigten sich durchaus wendig. Der erste sprang vorwärts, seitwärts, rückwärts über die Basaltbrocken, um mir auszuweichen, der zweite tanzte einem Hampelmann gleich um mich herum, während ich fortwährend um mein Gleichgewicht rang, schließlich auf allen Vieren kroch. Doch beide Male geschah alsbald ein Wunder, ein ähnliches Wunder wie damals nach meiner Geburt. Unter meinem Körpergewicht bohrten sich die schroffen Steine allmählich ins Erdreich. Und obwohl ich meine Gegner schonen wollte, sie nur antippte, damit sie wanken und den Hang hinunterkullern sollten, so sanken sie doch, der eine wie der andere, wie gefällte Bäume um, kippten koppheister über die Wackersteine, röchelten einige Augenblicke und blieben tot liegen.

Für Erdmute von Seelbach war damit erneut bewiesen, dass ich unter dem Schutz himmlischer Heerscharen stand. Doch gab es auch Stimmen am Ort, die mich mit dem Riesen Wackebold verglichen, der in heidnischer Vorzeit die Menschen aus dem Freien Grund vertrieben haben soll. Mit dem einzigen Unterschied, dass ich nicht wie er mit Felsbrocken um mich werfe – sondern mit Menschenleibern. So galt ich bald im ganzen

Siegerland als Ungeheuer, und es hieß, dass Isolde nur einen Freier erhören dürfe, dem es gelänge, Burbach von mir zu befreien. Mit anderen Worten: mich zu töten.

Isolde schien ihr Ziel erreicht zu haben. Für lange Zeit meldeten sich keine Freier mehr, die gegen mich antreten mochten. Bis, es war im Jahr 1235, ein Männlein auf den Plan trat, das noch kleiner und zierlicher war als Isolde selbst. Es nannte sich Hickrich und behauptete, ein Nachfahr jenes berühmten Zwergs Hans Hick zu sein, der den Riesen Wackebold getötet und so die Täler wieder für Menschen bewohnbar gemacht hatte. Er wolle seinem Ahnherrn nacheifern und Burbach von dem Ungeheuer befreien, ließ der Kerl durch Herolde verkünden. Er verlangte aber, dass der Zweikampf diesmal auf dem Stuhl des Großen Steins stattfand, wo der Verlierer eines Faustkampfs nicht einen sanft abfallenden Steinhügel, sondern einen Steilhang aus riesigen Basaltbrocken hinabstürzen und sich zwangsläufig das Genick brechen würde.

„Das hätte doch wirklich gut in die Anthologie von den Grimms gepasst. Als Gegenentwurf zum tapferen Schneiderlein."

„Ach, du meine herzliebste Taube, wenn du das sagst. Küsschen!"

(…)

„Ich, ehem, fahre fort: Damals sah ich meine letzte Stunde als gekommen an. Traurigkeit hatte sich vollends auf mein Herz gelegt, denn Isolde fand an dem Zwerg Gefallen. Vielleicht weil er so lange Schneidezähne hatte wie all ihre Kaninchen.

Obwohl er, wie ich, nur eine kleine Schale Dinkelgrütze zur Kräftigung bekommen hatte, ging er den Zweikampf bewundernswert geschickt an, wieselte von Basaltbrocken zu Basaltbrocken, tanzte quer über den Stuhl des Großen Steins, trieb mich immer näher an den Abgrund. Es war ein feuchtwarmer Junitag, der Basalt war großenteils mit Moos bewachsen und glitschig. Ich rutschte aus, fiel dem Zwerg vor die Füße. Der schlug auf meine Nase ein, bis sie blutete. Ich rappelte mich auf, doch er trat mir vors Schienbein, sodass ich erneut hinfiel, wenige Ellen vom Steilhang entfernt. Das Volk johlte wie betrunken. Isolde verbarg ihr Antlitz hinter einem Fächer.

Da trat Gisela heran, um uns Kämpfern eine Erfrischung anzubieten, einen guten Saft aus Holunderbeeren, vergoren und mit Honig versetzt. Gisela war über die Jahre zu einem Goldschatz gediehen, glich dabei kaum ihrer Schwester. Sie war ebenfalls recht klein, aber drall und kräftig von Gestalt. Mit ihren schwarzen Locken rings um das kreisrunde Gesicht und dem winzigen Nasenklecks mitten darin war sie schön wie der volle Mond in einer Maiennacht."

„Hast du das auch von so einer Poesiemaschine?"

„Nein, selbst ausgedacht. Gefällt es dir nicht?"

„Na ja … passt."

„Also weiter: Der hochmütige Hickrich trank den Krug fast leer, für mich blieb ein einziger Schluck. Und doch fühlte ich mich gestärkt. Zumindest eine Zeit lang konnte ich den Zwerg entfernt vom Abhang des Felsens in Schach halten. Mir war klar, dass unter meinem Körpergewicht die Brocken losbrechen würden, während er selbst behände darüber hinwegsprang. Der Kampf schien ewig zu dauern. Schließlich gelang es dem Kerl, an einer Efeuranke hängend, mir loses Geröll ins Gesicht zu werfen und mich so zurück zur Steilwand zu treiben. Doch da geschah ein erneutes Wunder in meinem Leben: Mit einem Mal begann der Zwerg sich zu winden wie ein getretener Wurm, er würgte, schrie, ließ die Efeuranke los, taumelte und stürzte in den Abgrund.

Die Menge erstarrte, raunte Entsetzen, tuschelte ungläubiges Staunen, zerstreute sich. Erdmute von Seelbach schenkte mir ein gütiges Lächeln, während Isolde, kreidebleich, mich keines Blickes würdigte. Sie raffte ihr Kleid und ging stumm davon.

Ich selbst war weidlich erschöpft, torkelte einige Klafter zurück von der Kuppe bis hinüber zum sicheren Buchenwäldchen hinter dem Großen Stein und sank in einen tiefen Schlaf.

Als ich erwachte, war Gisela bei mir. Sie hatte mein Lederhemd geöffnet, mir den Schweiß von Gesicht und Brust gewaschen. Sie stärkte mich mit einem Becher kühlen Wassers und weinte vor Freude. Dann legte sie sich zu mir. Wie später noch viele Male. Denn wir wurden Mann und Frau und lebten glücklich und kinderreich bis an unser Ende."

„Während Isolde ins Kloster Rupertsberg bei Bingen einrückte. Für immer."

„Oft sitzen wir nun um Mitternacht hier im

Buchenwäldchen hinter dem Großen Stein, wo unsere Liebe begann. Und bewachen den Berg, der inzwischen zur Naturwaldzelle erklärt wurde, sodass kein Mensch ihn mehr betreten darf. – So, liebe Dichterin, dies ist meine Nachricht an die Nachwelt. Wärt Ihr nun so freundlich, sie aufzuschreiben und Eurem Verlag anzudienen? Vielleicht rechtzeitig zu meinem 800sten Geburtstag im April? Ich wäre Euch unendlich dankbar."

„Das mit dem Holundersaft soll die Dichterin lieber weglassen. Sag das dem Schmaatdings, Schatz."

„Warum?"

„Weil es vielleicht verwunderlich ist, dass ich dem Hickrich so viel Saft eingeschenkt habe und dir nur einen Schluck."

„Stimmt, das war ungerecht. Und ich habe mich im Stillen gefragt, warum."

„War besser für dich. Glaub mir."

„War … war das am Ende kein Holundersaft?"

„Doch … auch. Mit einem bisschen Sud vom Maiglöckchen. Und vom Schierling"

„Gisela!"

(…)

„Du hast ihn vergiftet, Gisela!"

„Ich habe dir das Leben gerettet, Schatz."

„Stimmt."

„Gib mir einen Kuss, mein Bärchen!"

(…)

„Nur, sag mal, woher hattest du das Gebräu?"

„Von Isolde. Sie hatte damit ja schon die

beiden Greise, oder vielmehr Recken, umgebracht. Isolde wollte nun mal nicht heiraten, einen Haiger schon gar nicht."

„Die Haiger?"

„Ja, und da war noch ein Krug voll übrig. Hab's vergären lassen und aufbewahrt."

„Hör mal, das können wir so nicht in dem Schmaatfohn drin lassen."

„Dann hol's wieder raus."

„Weiß nicht, wie's geht."

„Na ja, nicht schlimm. Keiner kann mich wegen Mordes hinrichten. Bin ja schon tot."

„Aber meine Geschichte ist geplatzt. Keine göttlichen Fügungen. Sondern Maiglöckchen. Und Schierling."

„Vielleicht gefällt's dem Verleger trotzdem. Ist mal was anderes."

„Wenn du das sagt, mein Herzblatt!"

„Guck mal, das Schmaatfohn! Es blinkert. O weh!"

„Ach das. Ist nichts Schlimmes. Diese Dinger brauchen einen speziellen Saft. Und der ist wohl jetzt zu En-"

+++

„Bernwards Nachricht an die Nachwelt (O-Ton)" ist erstmals erschienen in „Mörderisches vom Rothaarsteig", Grafit Verlag, 2012, ISBN 978-3894254001

# Edition Gegenwind

Unter dem Label **Edition Gegenwind** erscheinen seit 2010 vor allem Neuausgaben früher veröffentlichter Bücher, aber auch Originalausgaben anerkannter Autoren und Illustratoren im Print-on-Demand-Verfahren als gedruckte Buchausgabe oder/und als E-Book. Ihre Herstellung erfolgt über Self-Publishing-Plattformen wie Books on Demand, CreateSpace, epubli und neobooks.

Bislang sind in der Edition Gegenwind 67 Titel (Stand: Mai 2019) in den Reihen Kinderbuch, Jugendbuch, Belletristik und Sachbuch erschienen:

**Gabriele Beyerlein:**
• Bea am anderen Ende der Welt. Ab 8 Jahren. Illus.: Iris Hardt. 2012
• Ilo und die Keltenfürsten. Ab 8 Jahren. Illus.: Tilman Michalski. 2012
• Lara und das Geheimnis der Mühle. Ab 6. Illus.: Susanne Smajic. 2011
• Der Schatz von Atlantis. Ab 11 Jahren. Phantastisches Kinderbuch. 2017
• Der schwarze Mond. Ab 11 Jahren. Fantasy-Roman. 2013
• Schwarzes Wasser oder Ein neues Leben. Ab 11 Jahren. 2015
• Die Kette der Dragomira. Ab 12 Jahren. 2015
• Die Göttin im Stein. Steinzeit-Roman. 2013
• In Berlin vielleicht. Historischer Roman. 2013
• Berlin, Bülowstraße 80 a. Historischer Roman. 2014
• Es war in Berlin. Historischer Roman. 2015
**Dagmar Chidolue:**
• Sugar. Ab 12 Jahren. 2015
**Thomas Fuchs:**
• Neles Block. Ab 5 Jahren. Mit Illustrationen zum Weitermalen. 2014
• Drei Freunde und der schwarze Hund. Ab 8. Mit Illus.: Imke Sönnichsen. 2014
• Wanted! – Plötzlich gesetzlos. Ab 10 Jahren. Jugendroman. 2013
• Follow me!. Ab 10 Jahren. Jugendroman. 2015
• 1. FC Profikicker. Ab 10 Jahren. Jugendroman. 2017
• Nullnummer. Ab 11 Jahren. Jugendroman. 2013
• Unter Freunden. Ab 12 Jahren. Jugendroman. 2014
• Die Welt ist ein Fahrrad. Ab 13 Jahren. Jugendroman. 2013
• Falsche Zeit, falscher Ort. Ab 13 Jahren. Jugendroman. 2014

- wild@heart. Ab 14 Jahren. Jugendroman. 2015
- Malcolm Das Lächeln Afrikas. Roman. 2012
- Bj. 66, männlich, renovierungsbedürftig, Roman, 2013
- Allein mit Frau von Schal. Roman. 2017
- Da war ich schon tot. Kriminalroman. 2018

**Ursula Flacke:**
- Die Nacht des römischen Adlers. Ab 11 Jahren. Jugendroman. 2017
- Der goldene Palast - Geschichten vom kleinen und großen Glück. 2018

**Ulrich Karger:**
- Dicke Luft in Halbundhalb. Ab 5 Jahren. Illus.: Hans-Günther Döring. 2011
- Herr Wolf kam nie nach Berchtesgaden. Gedankenspiel in Wort und Bild. Zusammen mit Peter Karger. 2012
- Kindskopf – Eine Heimsuchung. Novelle. 2012
- Verquer. Roman-Collage. 2013
- Vom Uhrsprung und anderen Merkwürdigkeiten. Moderne Märchen und Parabeln. 2010, 2015
- Homer: Die Odyssee nacherzählt von Ulrich Karger. Nacherzählung. 2015
- Hrsg.: Briefe von Kemal Kurt (1947-2002) – mit Briefen, Nachrufen und Rezensionen. 2013
- Hrsg.: Kolibri: Das große Zeichenbuch. Eigenständige Bilderzyklen, Buch- u. Zeitungsillustrationen. 2016
- Büchernachlese – Rezensionen 1985-1989. 2019

**Sylvia Schopf:**
- Peppi Pepperoni. Ab 6 Jahren. Illus.: Susanne Schwandt. 2015
- MALINCHE Prinzessin der Azteken. Ab 10 J. Illus.: Marta Hofmann-Ptak. 2015
- Wir entdecken fantastische Welten. Spielgeschichten für Kindergarten und Vorschule. 2015
- Wie der Tod in die Welt kam. Mythen und die große Menschheitsfrage. 2017

**Manfred Schlüter:**
- 24 Weihnachtsmänner. Ab 5 Jahren. Illus.: Manfred Schlüter. 2017
- SimsalaSurium. Ab 5 Jahren. Illus.: Manfred Schlüter. 2014
- SINA und das Kaff am Ende der Welt. Ab 12 J. Illus.: Manfred Schlüter. 2013
- Das Perpezudum oder Wie der alte Morawitz das Perpetuum mobile erfand. Erzählung. 2013

**Pete Smith:**
- Mein Freund Jeremias. Ab 8 Jahren. Illus.: Hans-Jürgen Feldhaus. 2015
- Tausche Giraffe gegen Freund. Ab 8 Jahren. Illus.: Rooobert Bayer. 2015
- Das Geheimnis von Schloss Gramsee. Ab 10 Jahren. 2015
- 1227 - Verschollen im Mittelalter. Ab 14 Jahren. 2015
- 168 - Verschollen in der Römerzeit. Ab 14 Jahren. 2015

- 2033 - Verschollen in der Zukunft. Ab 14 Jahren. 2015
- Amok – Der Weg des Kriegers. Ab 14 Jahren. 2019
- Arm sind die anderen. Ab 14 Jahren. 2019

**Ella Theiss:**
- Die Spucke des Teufels. Historischer Kriminalroman. 2019
- Alles kurz und klein - Geschichten vom gerechten Zorn. Kurzprosa. 2019

**Christa Zeuch:**
- Der Frosch hat einen Frosch im Hals. Ab 6 Jahren. Illus.: Gabriele Elsler. 2013
- Mein Zauberschloss hat viele Türen. Ab 6 Jahren. Illus.: Christa Zeuch. 2014
- Affenkopp liebt Zottelbär. Ab 6 Jahren. Illus.: Christa Zeuch. 2015
- Warwar und der Feuervogel. Ab 8 Jahren. Illus.: Gabriele Elsler. 2014
- Die Augen der Kukurill. Ab 8 Jahren. 2015
- Prinz MeMo. Illus.: Christa Zeuch. Ab 9 Jahren. 2013
- Mein Sommer mit Oma und Finn. Illus.: Christa Zeuch. Ab 11 Jahren. 2016
- Moonskaters Traum vom Fliegen. Ab 12 Jahren. 2013
- Worte, schwarz und weiß geflügelt. Kurzprosa und Lyrik. 2016
- Leise Wortlaute. Lyrik. 2017

**Anthologien der Edition Gegenwind (hrsg. v. Ulrich Karger):**
- Bücherwurm trifft Leseratte. Ab 5 Jahren.
  Textbeiträge: Beyerlein, Fuchs, Karger, Schlüter, Zeuch. Illus.: Manfred Schlüter. 2013
- Bücherwurm trifft Leseratte 2. Ab 5 Jahren.
  Textbeiträge: Beyerlein, Chidolue, Flacke, Fuchs, Karger, Schlüter, Schopf, Smith, Zeuch. Illus.: Manfred Schlüter. 2016

Aktuelle und ausführliche Informationen
zum Programm der Edition Gegenwind
finden Sie im Internet unter: **www.edition-gegenwind.de**

Überall im Buchhandel erhältlich:

Ella Theiss:
Duo mit Beretta.
Kriminalroman.
Prolibris Verlag2016,
Paperback €12,00
E-Book € 8,99

Für die menschenscheue Isabell gerät die Welt aus den Fugen: erst der Tod der Mutter und der Auszug aus der vertrauten Wohnung, dann der Überfall durch eine Bande Jugendlicher. Seither hat sie ein rauflustiges Alter Ego namens Billie in Begleitung, das als Streetworkerin die Welt retten will. Zumindest aber einen amnesiekranken Schleuserhelfer und eine geflohene Zwangsprostituierte, die in Darmstadt gestrandet sind. Da die Behörden mauern, nimmt Billie selbst den ungleichen Kampf mit den Menschenhändlern auf. Und unversehens hängt Isabell mit drin.

"Ein Buch voller Emotionen, ein Tanz der Gefühle. Man wird von Angst, Wut, Schrecken, Trauer, Glück und Lachen überflutet (...) eine steile Achterbahnfahrt der Spannung."
Günter-Christian Möller bei *lovelybooks*

"Ein großartiges Lesevergnügen, mit außergewöhnlichen Charakteren, einer interessanten, beängstigend realitätsnahen Handlung und einem starken Spannungsbogen."
*Klusi liest*